雪落西门

刘鹏艳　著

中国文史出版社

图书在版编目（CIP）数据

雪落西门 / 刘鹏艳著 . -- 北京 : 中国文史出版社，2020.12

（跨度小说文库）

ISBN 978-7-5205-2829-0

Ⅰ . ①雪… Ⅱ . ①刘… Ⅲ . ①中篇小说—小说集—中国—当代②短篇小说—小说集—中国—当代 Ⅳ . ① I247.7

中国版本图书馆 CIP 数据核字 (2020) 第 253922 号

责任编辑：金　硕

出版发行	中国文史出版社
社　　址	北京市海淀区西八里庄路 69 号院　邮编 :100142
电　　话	010-81136606 81136602　81136603 81136605（发行部）
传　　真	010-81136655
印　　装	阳谷毕升印务有限公司
经　　销	全国新华书店
开　　本	650 × 960　1/16
印　　张	12.75
字　　数	160 千字
版　　次	2021 年 4 月北京第 1 版
印　　次	2022 年 3 月第 2 次印刷
定　　价	46.00 元

目录

永生门

A1

×年×月×日

今日立冬，风开始硬起来了。天冷得发灰，也许不久之后就会有一场雪。路边的银杏给这个平庸的冬天添了些许色彩，金黄的落叶堆了满径，踩上去，像踩着软软的时光。我不知道我有没有准备好，尽管这么多年来，我一直在为这一天做准备。潘岳已经长大了，不再是那个弱小无助的孩子。但在我眼里，他依旧是襁褓之中的婴儿，随时会受到意外的伤害。请原谅一个母亲的焦虑，且允许她静静地悲伤。我为无数人解决过难题，抚慰他们的心灵，疗愈他们的伤痛，鼓励他们重新面对破碎的生活，但我自己的难题却在相当长一段时间内无法解决。我曾经有一个执念，比孩子多活一天，但上帝显然没有接收到来自我这个异教徒的祷告。现在，我终于要接近那个答案了……

——摘自岳小聆日记

送走最后一个咨询者，岳小聆一头栽倒在门口的浅咖色布艺沙发上。

这已经不是第一次了，突然而来的眩晕褫夺了她的意识，使她瞬间抽离那副四十四公斤的躯体。她瘦得厉害，相对于一米六八的修长身材，这么一点重量实在压不住生活的风浪。风稍微大一点，她就会因为过于骨感而致使空荡的衣袂四处翻飞感到羞耻。这么多年来，她一直为克服自己的耻感付出巨大的心理能量。要说服自己不是件容易的事，很多时候人迈不过那道坎儿，只是因为不愿抬脚。她的工作就是帮助人们抬起那只被潜意识束缚的脚，不过，这并不代表她本人可以在任何情况下自如地使用自己的双脚。

“岳老师，您需要休息一下吗？”她的助手为她端来一杯黑咖啡。姑娘才从大学毕业，脸上有种未经世事剥蚀的饱满光泽，询问的时候小心翼翼，生怕打扰工作严谨、作风洗练的岳小聆。

“谢谢，”岳小聆报以虚弱的微笑，“你可以先回去了。”她是一个敬业而近乎严苛的咨询师，当天的案例报告总会及时地整理出来，这意味着她的助手也必须刻不容缓地配合她。然而今天，她实在是太累了。

沙游室里空荡荡的，除了沙盘和那些形态各异的沙具，并没有多余的摆设，岳小聆凝神观察了一会儿，把每个细节都刻入脑海。虽然主要部分已经拍照存档，但由于角度不同，会影响她对现场的判断。她围绕沙盘又走了一圈，回想着那个九岁男孩摆放沙具时的神态和顺序，仿佛看见一个封闭的世界在缓缓打开一道缝隙……

“没有了。”男孩面无表情地说。他刚刚在沙盘里随手放下一只帆船，但随即表示没有兴趣再继续玩下去。

“没有你喜欢的东西吗？”岳小聆用笔尖指指对面的沙具架，那里摆满了惟妙惟肖的微缩玩具，足有上万件，诸如潜艇、飞机、赛车、加特林、火箭筒等男孩子喜欢的模具应有尽有，然而眼前的这个孩子似乎不为所动。

“我不喜欢。”他伸手划拉着面前的沙盘，原先平整的沙子被搅乱了，东一堆西一堆的，有些地方露出海蓝色的木制底盘，那只帆船也有大半被埋进沙里。

“哦，这倒挺有意思，”岳小聆向前倾了倾，露出惊喜的神色，“我还从来没发现过呢……”

男孩不解地看了她一眼。

“瞧，这些奇妙的山川，”岳小聆指着被搅乱的沙盘，“就像一幅地图！嗯，可以和我说说这艘船的航行路线吗？”

男孩挑了挑新月似的弯眉，岳小聆把这个细微的面部变化记录在她的笔记本上。一弯初生的月亮从干涸的谷底升起，她看着他笑，瞧见他欲言又止地翕动了一下嘴唇，似乎在考量面前这个陌生而亲切的妇人在沙盘里的位置。

接下来男孩又在沙盘里放了一些贝壳和石头，他说这些都是爸爸的“遗物”。但男孩的父亲并没有去世，事实上，送男孩来咨询室的，正是这个“被死亡”的父亲。

解读一个人的内心世界，对普通人来说可能是件很神奇的事。

岳小聆花了十多年在这件事上，走进过无数别人的世界，但她依然讨厌别人问她："你知道我心里在想什么吗？"

"不，我不知道。"她总是这样回答他们。

"你不是心理师吗？"

"我是，但我不是你肚子里的蛔虫。"

对这些猎奇的人，她毫不客气，但当男孩的父亲焦虑地问她："你知道我儿子心里到底在想什么吗？"她却感到了不可遏制的悲伤。

因为行为"不端"，男孩不得不休学。无论父亲怎么教育他，或者教训他，他都沉默不语，但受伤的号啕从未停歇。她用笔帽抵在自己的太阳穴上，盯着那只帆面上已经有了明显破洞的帆船——沙具架上有很多船，大大小小不下数十只，男孩却始终偏爱这艘破帆船。他没有向她解释他的选择，只告诉她，船上有宝藏。

男孩还向岳小聆展示了他父亲用来挖宝藏的锄镐和风钻，那些工具看起来很有历史感。他一度认为那些工具和宝藏一起留在沉船上，打捞它们有很大的风险，首先得花一大笔钱，况且也不一定捞得上来。父亲可能遇上了风暴，也可能是海盗袭击了他的宝船，但他的尸体不在船上……

经过一段时间的游戏治疗，岳小聆和男孩建立了比较亲密的关系，他希望岳小聆替他保守他们共同历险时发现的"秘密"。但现在，她不得不背叛他信任的眼神。

"我有些重要的事情要去办，不能再陪你玩了。"岳小聆对男孩说。

男孩正玩得不亦乐乎，略微诧异地抬起头，但接着就乖巧地把手中的微缩玩具放下，学着岳小聆平时的口气说："好吧，今天我们就到这里吧。"

岳小聆有些感动，她摸摸他毛茸茸的脑袋，合上了手中的笔记本。

把男孩转介给另一位儿童游戏治疗师，实在是迫不得已，因为她的主治医生告诉她，她已经不适合工作了。

助手依依不舍地送别她时，红了眼圈儿。这位姑娘心地善良，甚至在为她整理案例报告的时候，也常常在手心里扣着一张纸巾，以备不时之需。"这些档案可不能当作小说来读。"岳小聆通常会轻啜着姑娘送上来的黑咖啡，慈爱而不乏严肃地告诫她。姑娘的脸上马上腾起一小朵红云，局促地扯着衣襟旁一片略显夸张的叶形装饰说："岳老师，我明白的，看来我还要接受您的督导。"

她们相处的时间并不太长，满打满算只有十个月，不过，在这十个月里，她对姑娘很满意，尤其是姑娘冲泡的黑咖啡，味道醇厚，香气四溢，让她想起很多复杂的滋味。她时常闭着眼睛，享受那杯滋味复杂的黑咖啡，感受其中明亮的苦涩。

是的，明亮的苦涩，岳小聆轻轻吐了口气，发皱的脸上努力展开一个笑容："挺好的，这样你就不用经常加班了。"

风从四面八方涌过来，把她吹得东倒西歪，她用尽全身力气才把几欲腾空而起的单薄身体钉在大地上。现在，她要去见自己的督导师。一个心理咨询师总是会接触到大量的负面信息，所以，即便是最优秀的咨询师，也必须定期接受专业的心理督导。

海浪一波一波温柔地涌上来，一种慵懒惬意的漂浮感弥漫全身，她感觉自己像是透明的晶莹水母。天空蓝得饱满欲滴，伸手就可以摘下一片新鲜的湛蓝。岳小聆放松地半躺在软椅上，背后是金黄的沙滩。温柔的水波从双脚漫过来，漫上脚踝，漫上小腿，漫上膝盖，漫上腹部，漫上胸腔，几乎溢出眼角……

这种冥想让她放下很多不合时宜的负面情绪，包括莫名的愤怒，四处漏风的悲伤，如影随形的焦虑，不能再继续陪伴那个男孩的愧疚，以及，对生命和死亡的恐惧。

人人都热爱生命，而不愿意谈论死亡，他们以为这样就能够延年益寿。在那些自欺的生命中，还有一些更为可笑，比如曾经的岳小聆。

曾经，她以为自己是不怕死的，那时候她正年轻，岁月鲜花着锦地铺展开来，一端是掌声和赞美，另一端是舞台的追光灯，而潘正峰对她的爱更是烈火烹油，一切都那么圆满……

不过她好像忘记了，残缺其实是圆满的一部分，就好像，死亡是生命的一部分。

悚然一惊，她懊恼地醒来，背部僵直，喉头发紧，发现自己正坐在咨询室里。周围是一尘不染的米白色乳胶漆墙壁，一盆妖娆的绿植把督导师那张凹凸不平的阔大脸盘掩映得恰到好处。

“你好像还是放松不下来。”藏在龟背竹后面的督导师送上一个暖洋洋的微笑。

“是的，很难。”她长长地吐出一口气，拿起身边的一次性纸杯。她喝水的样子十分焦渴，要是在往常，她是很抵触使用这种再生聚乙烯合成的廉价纸杯的。

督导师也陪着她叹了口气：“这的确很难，有些事我们必须自己去面对。”他转身为她又倒了一杯水，“不管怎么说，我还是很高兴你能到这里来见我。”

一股西伯利亚寒流正从窗外掠过，城市在渐渐暗下来的时空里瑟瑟发抖。岳小聆望着窗外苍茫的暮色，怕冷般抱紧了双臂，身体里充盈的海水正在退潮，岸上一片琐碎和凌乱。她哆嗦着嘴唇说，她真害怕那一天，经过这么多年，还是怕得厉害。原本以为自己已经足够强大，现在才知道，恐惧就像退潮后的滩涂上留下的满目疮痍，时间只是把她的恐惧切碎了，却没有清除这些足以伤人的碎片。

忧伤的情绪在不足八平方米的房间里流动，那盆龟背竹似乎受到了某种触动，翠绿的叶片开始微颤，宛如蚊蚋的隐秘振翅。督导师交握着十指放在胯下，因为身体前倾，膝盖上的两只手肘撑住了上半身的重量，大脸盘上坑坑洼洼的麻点清晰可见。“没关系，”他以抱持的姿态接住了她心脏部位渗出的一滴泪水，“如果我是你，我也会感到害怕的，我们可以慢慢来……”岳小聆苦笑了一下，她并没有足够的时间配合督导师的共情，龟背竹光滑发亮的革质叶片反射出耀眼的光斑，她的瞳孔本能地收缩了一下。

气氛还是不错的，分手的时候督导师甚至和她开起了玩笑：“你看你无论何时都是美美的，而我，”他指了指自己坑坑洼洼的大脸盘子，“一辈子颜值都是负数。”

她感激地回报给他一个明媚的笑容，是的，每个人身上都有自己羞于启齿的难堪瘢痕。而她现在还有必要感到羞耻吗？

她拨打了潘正峰的电话，用轻松的语调告诉他，接上潘岳，他们一家去欢乐颂广场的必胜客餐厅，好好地吃一顿比萨。

她能想象出潘正峰的表情，那个善于隐忍的男人掩藏不住自己不期而至的讶异，擎着移动电话的手有些僵硬，或许在判断前妻的来电是清醒的邀约，还是出于不可描述的谵妄状态。

“唔……好，好的，”潘正峰飞快地转着念头，“我处理一下手头的事情。”作为一家上市公司的财务总监，他的日常生活和工作无法分家，但岳小聆的电话总是能让他在第一时间快刀斩乱麻。分开这么久了，他还是有点怕她，不，是爱她。

欢乐颂广场的必胜客比萨店永远是上座率最高的一家餐厅，如果没有预订，很难在周末的晚上享受一顿从容的晚餐。岳小聆一家赶到比萨店的时候，客人已经塞满了餐厅，连门口等位叫号的长椅也被全部占领，显示出人头攒动的拥挤和热闹。潘正峰的脸色有些为难，在熙攘失序的公众场所，他这种有身份的人实在难以做到如鱼得水，况且他们一家三口，多少与这欢乐的人群有些格格不入。

并不是他不愿意享受正常的家庭生活。这么多年来，他最渴望的，就是和岳小聆一起，带着潘岳，像普通家庭的夫妇带着他们的孩子一样，轻松愉悦地出现在公共场合。他现在的妻子给他生了一个可爱的女儿，有时他也会带着妻女去酒店餐厅，但他心中总有一种负罪感，感觉岳小聆冷峻犀利的眼神始终携着时间的呼啸，箭无虚发地扫射在自己身上。那是一种如芒在背的怵惕之感，他试图说服自己，并不是他抛弃了岳小聆母子，事实上，当初结束这段婚姻的时候，他十分不舍，并且相信再也不会遇上比岳小聆更适合做自己伴侣的女人了。

眼下，这个优雅而聪慧的女人正看着自己，眼里有一抹蜜糖样的底色，但他不确定这种质地黏稠的眼光是否含有成分复杂的讽刺和讥诮。一旁，潘岳正流着口涎趴在餐厅的落地玻璃窗上，朝里兴奋地观望着。他粗短而弯曲的手指像壁虎那样吸附在光洁明亮的玻璃上，嘴巴和玻璃之间哈出一团白气，模糊了餐厅里欢乐的情景。但可以看出靠窗的一家人立刻有了反应，一个两岁左右的小女孩被吓着了，她的母亲抱起她，父亲则厌恶地瞪了一眼窗外的潘岳。潘岳还在挤眉弄眼，过宽的眼距和上斜的外眼角使他看不到别人异样的眼色，再说，他也不在乎，这个十五岁的少年没有那么健全的心智，如果不是岳小聆及时拉开他，他一定会隔着玻璃把那个小姑娘面前的提拉米苏小蛋糕舔食干净。

潘正峰知道自己肯定又皱眉头了，他无能为力，原先设想的那套克制忍耐的办法一点派不上用场，就是这样，本能越过了理性，他不敢奢望岳小聆对他的印象有什么改观。

“进去吧。”岳小聆提醒他，前台那个负责叫号的胖乎乎的女服务生刚好叫到085号，正是他手中的号码。

一家三口走进餐厅的时候，潘正峰感觉到女服务生夸张的黑框眼镜里放出奇怪的光，在他们身上来回扫视了两遍。这种感觉太熟悉了，潘正峰冷冷哼了一声，不知是对自己，还是对服务生的无礼表示不满。

岳小聆握住了他的手，他一个激灵，前妻亲密的举动让他受宠若惊。

“我们，”她在他耳边吐气如兰，还是上大学时那种让他神魂颠倒的娇嗔神态，“只是好好地吃一顿饭，好吗？”

他愣了愣，潘岳已经快乐地找到了自己的位置，旁若无人地挥着手：“妈妈，快来！”立刻就有人投过来奇怪的眼神，在先天愚型的孩子和美丽优雅的母亲之间来回碰了碰。岳小聆春风满面地走过去，夸奖潘岳聪明能干。潘正峰却无法掩饰自己的尴尬，脚步多少有些迟疑，但那只柔软的手牵着他步入人群，温柔而坚定。他决定听她的话，屏蔽所有无关的目光。

只是好好地吃一顿饭。

潘岳已经香甜地沉入梦乡，扁平的后脑完美地贴合在枕头上，好像他的脑部从来没有发育过。这个嗜睡的孩子喜欢他的床，岳小聆抚摸着他细软的头发，发出一声若有若无的叹息。

虽然隔着一道厚实的承重墙，潘正峰还是从门缝底下捕捉到了那缕幽秘的叹息。他搓着双手坐在客厅里，等待她的吐露——今晚很不一样，他感觉到她一定有什么事要告诉他。

岳小聆从潘岳的卧室里走出来，轻轻带上了房门。那声轻微的咔嗒声像是在潘正峰的神经上咬了一口，他没来由地从软软的沙发上坐起来，正了正身体。

“最近还好吧？”岳小聆的声音波澜不惊，不像是要宣布什么重大的消息。事实上，他们分开以后，他没有再参与过她和潘岳的生活，好像他从来不曾是她的丈夫，也不是潘岳的亲生父亲。他成了局外人，没有资格见证母子俩生活中的重大时刻，也没有理由探听他们的隐秘消息。岳小聆似乎很理解他，尽量不去打扰他“正常”的生活，把所有的不正常都留给了自己。这让他又感激又惭愧。

“还行吧。”他摸不准她接下来话题的方向，狐疑地盯着她好看的脸。岁月不曾善待她，那么惊艳的美，终究也染上了沧桑。

夜色深沉，一段钩月半明半暗，就像十年前，他和她分手的那个夜晚。

云层很厚，月晕迷离，岳小聆盯着窗外的月亮说：“我们离婚吧。”她背对着他，他看不到她脸上的表情，是全然的鄙夷，还是有那么一丝的留恋？

他竟然没有勇气反驳她，也许她早就看穿了他的懦弱和无能。他的母亲，一位聒噪而强势的老太太，已经开始替潘家物色新媳妇了——“不孝有三，无后为大”，那个智力低下的孩子让他们全家后继无望，他这个独子总不能太自私。

借口，都是借口。他懊恼地揪着自己的脑袋，明白那不过是自欺的口实。

“你可以放心地离开，我只要潘岳。”岳小聆的口气又冷又硬，像块荒凉的石头。

从那以后，他就知道不可能再和岳小聆复合了。这是个嘴硬心硬的女人，他母亲这样评价她。也好，快刀斩乱麻，他母亲拍着大腿说。既然孩子不可能丢掉，只好把媳妇丢掉。这老妇人的逻辑十分符合趋利避害的世俗标准，作风也雷厉风行。她告诫过媳妇，趁着年轻，赶紧生孩子。可是媳妇把她的话当作耳旁风，硬是拖到三十多岁才把备孕提上日程。人家医生都说了，年纪大了，生孩子风险就大，潘岳长成这样，就是因为岳小聆的卵子老化。潘正峰向老妇人解释过，现在环境污染这么厉害，空气啦，食品啦，辐射啦，都不安全的，并不一定是高龄孕妇的原因。但老妇人仍然不能释怀，她说你们别以为我不懂科学，别的原因我管不了，就是不能排除这个原因。这个原因是岳小聆一意孤行造成的，所以岳小聆必须承担这个责任。事情闹到这个地步，不再是两口子的事儿了，岳小聆就扔给潘正峰一个后背，说好吧，潘正峰，你走吧，我的儿子我自己养。潘正峰说儿子也是我的，凭什么？岳小聆嗤地冷笑了一声，凭什么？就凭你带孩子出一次门都恨不得拿条口袋把自己的头罩起来！

潘正峰没法子再犟嘴了，岳小聆说的都是事实，这才是他最不愿意面对的残酷真相。

他忧伤地看着她，时空在无尽的黑暗里迅速流动，能听到“咔嗒、咔嗒”的细微声响，那是一道道沉重的心门在他们之间悄然关闭。

“我能理解你。”岳小聆轻轻地说，“我也用了很长一段时间，才慢慢接受内心的羞耻感。”

是的，她曾经是那么骄傲的一个人，从小到大，都是周围目光的焦点，他甚至有点惊讶，她怎么能旁若无人地抱着那个口眼歪斜的孩子走到人群里去？但是，她竟然做到了。

“其实并没有，”多年之后，她才向他坦承她的愧疚，“我很遗憾，没有早一点看到潘岳的成长。我装作若无其事，心里却同样在意那些异样的眼光。我们不说这些了，作为潘岳的母亲，我无可逃避，但我没有更多的时间了。”

潘正峰惶惑地看着她，她正从标有“省立医院”字样的资料袋里缓缓抽出一份医学检测报告，这让他感到前所未有的心悸。

B1

×年×月×日

我在阳光下抱着这新生的婴儿，犹如怀抱一块无瑕的白璧。

——摘自岳小聆日记

一直到三十五岁那年，岳小聆才肯停下来歇口气儿。是该生孩子的时候了，不早不晚，她给自己的人生规划就是这样精确。从小到大，她从不落在人后面，不管是学习、工作，还是恋爱、婚姻，都卡着人生最美妙的节奏，甚至还稍微提前了点儿，让人羡慕。只有生孩子这件事儿，她略微推后了些，不过那也没什么大不了，一切都在掌控之中。作为一家会计师事务所的合伙人，她正是年富力强的好时候，事业上了轨道，有房有车有时间，如果不是婆婆整天在屁股后头唠叨，那么生活堪称完美。

婆婆有婆婆的道理。一个媳妇，嫁过来十年，不愿意生孩子，多少有些忤逆，况且这媳妇的嘴脸又那么轻狂，动不动就跟她提“职业发展”和“人生价值”这些大而无当的话题。女人就是女人，虽说“妇女能顶半边天”，但那都是欲盖弥彰的场面话，如果不生孩子，发展有什么意义，人生有什么价值？偏偏儿子的耳朵根子软，枕头风一吹，就跟着媳妇沆瀣一气，说什么都是他媳妇有理。娶了媳妇忘了娘，这老辈儿的话，是一点不错的，老妇人有时候想想便把自己气得眼泪汪汪。她没退下来的时候，在单位上是做妇女工作的，往往给张家排忧，替李家解难，现在轮到自己头上，怎么瞅着都有些家门不幸的意思，丢份儿哟。

好在媳妇三十五岁这一年终于想通了。也不是媳妇想通了，老妇人愤愤地暗自嘀咕，她岳小聆是该逞的强都逞了，该出的风头都出了，可细想起来，一个女人，到底得安安心心地生个孩子嘛。要不，她老了，她不能动了，她靠谁去?

岳小聆的肚子隆起来，全家人的心都跟着拎起来，她自己倒还没当回事儿，动不动往外跑。一来肚子里的孩子省心，别的孕妇那些死去活来的妊娠反应，一概没有；二来岳小聆也不是个娇气的人，相信多跑跑对孩子有益无害。每次孕检，婆婆都比她积极，跟上足了发条的闹钟似的，到点儿就闹腾着让岳小聆上医院。其实每次指标都正常，医生也说没必要那么紧张，对婆婆的如临大敌，岳小聆就有些不以为然。也是她大意了，长期以来的人生信条都是命运掌握在自己手中，想什么有什么，努力就会成功，注册会计师、注册评估师、注册税务师、注册证券师，没有考不来的证儿；出纳、稽核、主办、审计，成立自己的事务所，一路顺风顺水。生孩子，不过是人生按部就班的一步棋，没必要搞得跟一出戏似的。

谁知道命运除了负责耕耘和收获之外，还善于开玩笑。

潘岳生下来，起初还没见什么大毛病，渐渐地，才露出些端倪。比如，总不开口说话，走路也比别家的孩子晚，再大些，胎气渐除，长相便显得蠢了，扁头，短颈，宽宽的眼距，怎么看怎么像是食草动物，大便拉在裤子里也不知道说。

这是个不讨人喜欢的孩子，似乎永远不会叫奶奶。

“奶——奶——”婆婆也曾努力地教潘岳练习他们的亲情，但面无表情的潘岳不为所动，对着眼前的老太太有时还会暴躁地伸手去拍打和抓挠。老太太从扫兴到气急败坏，后来眼不见为净，得出个“作孽哟”的结论，再也不上门。

岳小聆感到很抱歉，孩子不认识“奶奶”这个物种，甚至孩子和爸爸之间，似乎也没有任何情感的联结。她抱着他的时候不免会奇怪地想，只有他和她是同体同命的，那么为什么他要从她的身体里分蘖出来呢？如果他一直待在她的身体里，她就可以拼命保护他，让他不受到一丁点儿的伤害。可是现在，就算她拼着自己的性命不要，也保护不了他的周全，他总能把自己弄得遍体鳞伤，甚至，还有余裕去捉死耗子……

那天的阳光是淡淡的，糖稀一样软软地化在她的身上。

秋后的天空湛蓝，投下一朵朵白云，她抱着初生的孩子，迎面是淡淡的蜜糖味的阳光。脚下打着节拍似的微晃着，背后是狭长的影子，孩子和她融为一体，光凭那个影子，谁也分不出母亲和孩子来。初为人母，她的喜悦从头发里，从呼吸里，从眼神里漫溢出来。阳光清润，均匀地涂抹在她和孩子的脸庞上，她怀抱着他，犹如怀抱一块生香暖玉。很多年之后她想起那个秋天的午后，还有水波一样的感动漾上心头。她觉得自己那么幸福，之前三十五年所追求的成功在这稠密的幸福面前都显得单薄而抽象了。她的唇贴在婴儿吹弹可破的小脸上，那柔软幼嫩的肌肤给她一个温暖的战栗，如电流般击中母亲的心。

也就是在那一刻，她发下这样的誓愿，用尽一生去呵护他。

那时他脸上的胎毛还没有褪去，毛茸茸的像一只懵懂的幼兽，一对尚未完全睁开的眼睛，如同两颗青黑色的水晶。只是眼距稍微宽了些，看起来比别的孩子更安静。她想他是个听话的孩子，尚在肚子里时，就会替母亲着想，从来没有让她像别的孕妇那样翻江倒海。她哼着歌儿轻拍他的后背，一些曾经骄傲的人生风景从耳边呼啸着退去，一个新的世界拔地而起，柔韧而坚固。

她不能容忍潘正峰不经意间对孩子丢下的一个厌恶的眼神。

那孩子爬上他的膝盖，他抱起他，放在地板上，像是放下一个不感兴趣的玩具。“我还有事要忙。”他对她略感抱歉地说，拿起衣帽架上的外套，逃离般推开家门。一阵夹着土腥气的风吹进来，把闷湿滞重的空气拨开一个豁口。外面似乎下雨了。她望着他匆匆的背影，内心似乎也有一场风雨欲来。

自从发现孩子和别人家的孩子不一样，他就好像对这个家生出莫名的厌烦，不，也许是恐惧。他走得失魂落魄的，甚至忘了带烟。她捏着他撂在鞋柜上的半包烟，强忍着体内被点燃的冲动。

原本他已经戒烟了，那时候她宣布封山育林，他慌不迭地配合她，烟和酒一律从日程里删除了。现在，烟又回到了他的口袋里，酒也是家常便饭。他抽烟抽得很凶，不管孩子在不在身边。如果她表示不满，他就无声地皱着眉掐掉烟头，但整个身体都在说话，负隅顽抗似的抖出一铲子潜台词：有这个必要吗？

是没这个必要，她赌气般给他一个冷冷的后背，种子已经坏了，长出来也是歪瓜裂枣。既然拿不出手去，就该烂在家里。这是一个父亲应有的态度吗？她的恨顺着丝丝的痛蔓延。

他呢，对她的冷脸不置可否，或许连他自己也不清楚，到底想怎样。好像是莫名其妙地，就接手了一个没办法收拾的烂摊子，他原本抱着雀跃的心情想要好好经营的东西，全都窝囊地砸在手里。他没辙了，只好往后退，退到这个家的外面去。他甚至不敢看她的脸色，生怕触动哪个看不见的按钮，把两个人都炸得粉身碎骨。

烟被她捏碎了，皱巴巴地团在手心里，又展开，她抽出一根烟卷，软塌塌的，折得脊骨断裂，就这么扭曲地放进哆嗦的嘴唇。啪，打火机腾起一朵火苗，跳跃着，做出狰狞的变形。伸过来的火舌卷走了她眼底的一丝悲伤，然后翻滚的怨恨在虹膜上突兀地反射出来。乳白色的烟雾里，她看见孩子趴在地上，像一只不断分泌黏液的软体动物。

过日子的节奏慢下来了。

慢，真慢，潘正峰瞅着总也长不大的潘岳，掩不住一阵失望。小区里头，遛狗的和遛孩子的最多，照面往往打个招呼，交流几句。潘岳刚生下来那会儿，他也抱着孩子出去溜达，熟悉的面孔之间相互打听，几个月啦，说话了吗，断奶了吧，在哪儿上早教没有？后来，岳小聆看他带孩子的情绪不对，就大包大揽地把这活儿包圆了。他甚至不敢走到人堆儿里去，见着熟人就低下头，生怕人家跟他打听孩子的事。人家也精明着呢，明明抱孩子谈得正欢，见他过来，就改说纸尿裤的价格和奶粉的原产地了。潘正峰鼻子里重重喷口气，顺着风，他听见他们说的是幼儿园面试的事，一百以内加减法和背唐诗。说到底，都知道他们家孩子是个傻子，这些全不会。

五岁，这个年纪，该上幼儿园了吧，但潘岳这个样子，恐怕哪家幼儿园都不会收他。潘正峰弓身坐在沙发上，指缝里夹着烟，看着爬虫一样趴在地板上自顾玩耍的潘岳。他拿掌缘碰碰那只扁平的小脑袋，小东西面无表情地望一眼这个叫父亲的男人，又低头继续玩自己的塑料颗粒玩具去了。

那一大袋塑料颗粒玩具，是岳小聆买回来的，说是某早教机构开发幼儿智力的品牌产品。潘正峰觉得给潘岳玩这个文不对题，这孩子没那个能力。但愿能有点好处吧，所谓奇迹，在实现之前都是自欺欺人。潘正峰摇摇头，眯眼看着指间的那根香烟，盘旋而出的白色烟雾仪态袅娜，缓缓升上头顶，最后在空中化成极抽象的一大片虚无。

潘岳对外界的刺激很少有反应，父子间的情感交流更谈不上，喊“爸爸”的时候含混而敷衍，听上去更像是“爬爬”或“拔拔”。潘正峰猛吸一口烟，目光又投向潘岳短小的四肢，牙痛似的咧了咧嘴，发出抽冷气般的嘶声——他恨不得把他拎起来，往上拔一拔。这种冲动往往伴随着一种夸张的愤怒，让他感到十分丢脸。对这么一个弱小的孩子吗？他是怎么了！

自从发现孩子不正常之后，潘正峰整个人也变得不正常了。原本他是一个随和而健谈的人，现在却暴躁易怒，不可接近。工作再怎么出色，也抵消不了乱七八糟的家庭生活带给他的挫败感。他母亲是个能说会道的老妇人，在这几年里已经成功地把周围所有人的目光吸引到他的窘迫和无辜上。所有人都相信他是个倒霉的丈夫，他的妻子像个铁腕的政治寡头，不仅在生孩子这件事上，而且在家庭生活的方方面面显示出极强的操控欲，以至于他们的孩子像他们的生活一样不正常。

“我就怀疑她根本没去做过‘唐筛’，每回孕检都糊弄我。”他母亲拍着大腿说，“整天忙忙叨叨的，也不知道忙什么，那么大的肚子，还出去东颠西跑。外头的事，要她瞎操哪门子心呢？哪怕是分一半儿的精力操心自己的肚子呀，怎么会有这种事？”

起初还有人劝，这年头，雾霾，辐射，感染，什么怪毛病没有？也不能全怨媳妇的不是。但老妇人把大腿拍得啪啪响：“作啊，该生的时候不生，那地还分肥瘦呢，非要到成了盐碱地才下种子，哪还收得上好庄稼？”

原本家务事就断不清，街坊邻居、亲戚熟人也没多余的工夫研究别人家的“呈堂证供”是不是充分完整，这事儿就这么尘埃落定了——潘家的媳妇“作”，把孩子“作”坏了，老潘家不服，咽不下这口气。这样到潘正峰休妻另娶的时候，舆论导向就符合社会主义核心价值观了，总体是为了平等与和谐，不存在不文明和不诚信的问题。

岳小聆生气就生气在这儿，感觉潘正峰背叛了自己，本来应该夫妻俩同舟共济，现在却逼着她独木成林。她满身的骄傲都不允许她向他、向他们家低头，况且是为了潘岳，那个她发誓用尽一生去呵护的孩子。

后来，潘岳就没有爸爸了。不过潘岳好像不在乎有没有一个爸爸。就像潘正峰也不在乎有没有潘岳这个儿子。不，潘正峰恨不得从来没有潘岳这个儿子。

B2

× 年 × 月 × 日

他们说，你的孩子有病。

——摘自岳小聆日记

为潘岳上幼儿园，岳小聆托了好大的关系。

“不是不肯收，”园长为难的神色让岳小聆都感到不好意思，“是担不起这个责任。”

园长看到潘岳的样子，差点说出“不敢收”这样的话。如果因为这个孩子，遭到其他家长的投诉就不好了。园长的顾虑可以理解，潘岳插在哪个班都不合适，老师不愿意带，小朋友们也不欢迎他，有时候潘岳怪异的举动还会吓着别的孩子。

“这样对双方都不好。”园长劝岳小聆，“我们要考虑实际情况，毕竟，幼儿园是个集体。”

岳小聆明白园长的潜台词，她的孩子不正常，不适合待在正常的社会群体里，即使是幼儿园，也已经是个粗具规模的小社会了。但她偏不服，跟园长死磨硬泡，攀人情，摆道理，主张教育权利，做这么多也是跟自己拧着劲儿，凭什么她的孩子就不能上幼儿园了？园长说没有人剥夺你孩子受教育的权利，但教育也要因材施教吧，我们这的老师恐怕没这个能力教好你的孩子。岳小聆说教好教不好您别操心，我就是想让我们家孩子和别人家的孩子一样上幼儿园。

经过层层公关，岳小聆到底还是把园长的工作做通了，一并做通的，还有“星星班”的两位老师和一个保育员。按年龄，潘岳应该上“太阳班”了，但岳小聆还是有自知之明的，能跟上“星星班”的进度就不错了。

事实上潘岳在“星星班”也不合适，那些比他年龄小得多的孩子，也知道拉臭臭的时候要叫老师，但潘岳宁愿拉在裤裆里也不举手。岳小聆在他的小书包里塞了两套换洗衣裤，就这，到下午四点半去接的时候，还看他夹着腿孤零零地坐在小板凳上。两条脏裤子都搁塑料袋里堆在墙角。问老师，孩子是不是拉肚子？看大便不像。老师说。那怎么两条裤子都不够换？这你得问你们家孩子。

后来发现潘岳好像是故意的，可能是智力结构的问题，孩子的肛欲期固着在某个点了，控制大小便对他来说有特殊的意义。他可能认为大便是他身体的一部分，排便的时候不愿意一次解决。老师对他拉在裤子里的屎条表示厌恶，那么他就不给她们看，夹在裤子里。

岳小聆为此给老师和保育员私下送了好多礼，即便这样，老师们还是脸色不善。

潘正峰是绝对不去幼儿园接潘岳的。当初岳小聆把潘岳送进幼儿园，他就不同意。但岳小聆的主意比他大，他也就随她去折腾。现在她知道没那么容易了，他可受不了一手拉着傻儿子，一手提着臭气熏天的塑料袋进进出出的那种难堪。了不得，岳小聆抽不开身的时候，潘正峰早上出门把潘岳捎带进幼儿园。送的时候也是速战速决，拉开车门，把孩子拖出来，几乎是半提溜着快步奔向幼儿园大门，一秒也不肯多停顿，哪怕和老师有个眼神交流。几位老师从没看清过潘正峰的长相。至于潘岳在幼儿园里捉壁虎、捉蟑螂，把小朋友吓得四处逃窜，把自己撞得鼻青脸肿，这些事潘正峰一概不过问。

亲子联欢会，岳小聆准备得很认真。

潘岳扮演小青蛙，买了一套表演服，连体的青蛙衣从上到下把潘岳裹得严严实实，头上是青蛙的大脑袋，小脸藏在头套里，看上去也没那么傻了。“要做聪明之蛙，要做勇敢之蛙……”岳小聆看得心生欢喜，在家里指导潘岳跟着音乐摇头摆尾，“有天遇到我的小天鹅，千万别笑我是癞蛤蟆，青蛙也一定能变王子，和她一起来跳恰恰恰！”岳小聆抱着潘岳亲了一口，跟潘正峰说联欢会那天咱一起去呀。潘正峰没吭声，脸一直阴着。

到那天，潘正峰找了个由头，把岳小聆母子送到幼儿园门口，连车都没下，说声那我就先走了。岳小聆也没吭声，阴着脸。

晚上，夫妻俩因为吃鸡还是吃鱼的事大吵一架。一番飞沙走石，潘正峰噌地站起来，把筷子狠狠掼在汤汁淋漓的餐桌上，然后浑身爆着火星子摔门而去。绷成一面牛皮战鼓的岳小聆等那扇门砰的一声关严实了，这才抽了脊梁似的瘫在椅子上，掩面而泣。潘岳面无表情地圪蹴在灯光照不到的角落里，专心对付岳小聆买给他的智力玩具，既不感到奇怪，也不感到害怕。他的手不够用，就张嘴用上了牙，口水流得稀里哗啦的，和岳小聆的眼泪一起胡乱飞在迷离的夜色里……

岳小聆最终选择放潘正峰离开，既然这男人没有勇气承担。

她背转身，坚定地说出“离婚”二字时，抖得如同风中的一片枯叶。酝酿多日的寒流终于在体内积促成一场重感冒，虽然牙齿咯咯打架，但她还是尽力控制住自己的身体，以免潘正峰从她呼吸不畅的齉音里捕捉到色厉内荏的恐惧。

是的，她是恐惧的，以至于她拼命表现出的坚强和决绝在黑暗中细若游丝。

夜，漫上来，黑色的浪潮像一匹猛兽，呼一下就把宁静的白昼扑倒在地。接下来，她将在无边的黑暗里一个人面对未知的未来。这是铺天盖地的一整张夜，她多么想愤怒地把它投进碎纸机，把一切痛苦放肆地予以销毁。然而在令人恐慌的嘀嗒声中，时间却生出冰凉滑腻的触手，与情意绵绵的回忆勾勾搭搭：

“多少人爱你青春欢唱的时辰，爱慕你的美丽，假意或真心，只有一个人爱你那朝圣者的灵魂，爱你衰老了的脸上痛苦的皱纹……”他向她诵读叶芝的诗歌。他和她都还记得。当年，他单膝跪在她的面前，向她说出那些甜蜜的情话和忠贞的誓言的时候，她以为他会像手中高擎的璀璨钻戒那样，把永恒定格在生命里，可惜，尚未白头，曾经的携手便成了袖手。当你老了，原不必担心这样爱的画面受到篡改，潘正峰用怜惜的眼神抚摸着岳小聆的背影，一再诚恳地说服自己，几乎看到自己在炉火旁打盹的样子。

残月如钩，挂在中天，吐出冷冷的光晕。大朵大朵的絮状云被看不见的风催动着，在天空疾走，以至于那瘦瘦的一钩月惶惑地躲闪着什么似的，一会儿从厚厚的云层里探出半个脑袋，一会儿又勾头矮下身子，销声匿迹。潘正峰觉得立在窗口的岳小聆正在逐渐模糊的视线里变成一道崚嶒的剪影，他的眼眶潮热，有一股炽烈的岩浆正从胸膛里往外喷涌，但有什么坚硬的东西挡住了它，迫于无形的压力，只好让它沦陷在一种幽闭的沸腾里，燃烧，吞噬，磨蚀，最终备感挫折地潜入地底。

不能怪他，他尽力了。这个低着头的男人只是没有办法面对自己的无力感。他曾经抱着希望，一次又一次，带着他们母子跑过无数家医院，北京、南京、广州、上海，公立的、私立的、外资的、合作的，从春到秋，从冬到夏……火车票、飞机票加起来厚厚一沓，压得死碗橱里的蟑螂。无一例外是残酷的宣判，命运的壁垒坚硬如铁，甚至连尝试的机会都不曾给他。到最后他只能在孩子身上找发泄的由头，没错，那个孩子就像只蟑螂，肮脏，丑陋，愚蠢，却又偏偏生命力强大，医生说这样的孩子大多数在六个月内会自然流产，但是他居然活下来了，成了他潘正峰的儿子。他一看到那张愚蠢的脸就会升起无名的怒火，好像上帝的信手涂鸦被胡乱塞进了他的生活，上帝不尊重他，给别人的都是做工精良的产成品，到他们夫妻这儿却成了不负责任的残次品。

那个孩子，没有一丁点儿像他，潘正峰狠心地想，把痛苦一点点收回来，配合着僵硬的身体，在岳小聆的目光不屑流连的地方勾勒出一个冷酷的轮廓。他的沉默已经很形象地回答了他的选择，不用再求证什么，拖下去对彼此都是一种成本浩荡的折磨，父亲死了。

潘岳发音最清晰的两个字是“妈妈”。

这一年他六岁了，除了叫“妈妈”，还不会用正常的语言表达自己的需求。有一个叫“爸爸”的男人过段时间会来看他，但他一点儿也不在意他的来去，那人像一个可有可无的影子，不会比一块塑料颗粒玩具更有趣。

岳小聆在照顾潘岳之余，修完了心理学课程，可以比较雍容地接纳那个像鸵鸟一样把自己埋进沙土里的潘正峰了。作为一名咨询师，帮助别人最大的好处，可能就是同时为自己做了免费的隐性疗愈。有一个在幼年时被继父强奸的女孩告诉她："我为什么要忍辱负重地活着？因为我想看到有一天我忍受的侮辱和背负的沉重都是值得的。"岳小聆觉得这是一幅不错的远景构图。尽管这个女孩的预后不是很好，虽经治疗，却两次抑郁复发，但还固执地抱持着自己的信念。秋天的落叶和冬天的雪都没有阻挡新一轮的生命，在时间的轮盘里，就是有那么一些人，他们愿意下重注，只为赌一口气。

渐渐地，岳小聆觉得潘岳那对食草动物般的眼睛开始理解人的感情了。

"阿岳，童奶奶走了以后你要听妈妈的话。"照顾了潘岳七年的老阿姨把行李归置到墙角，扶着膝盖对潘岳说。她儿媳妇生二胎，一天一个电话催着回，老阿姨不得不放弃这份报酬优厚的工作。对着孩子七年，老阿姨还是有些舍不得的，虽然这孩子样貌呆蠢，行止也颠三倒四，给她添了不少麻烦。

潘岳笑嘻嘻的，不置可否。童奶奶他是叫顺口了的，"奶奶"两个字，不知道哪一天他突然就会叫了。这个童奶奶往常也会时不时大包小包肩扛手提地回老家，然后有一天她又回来了。所以潘岳一点都不担心她会消失。至于听妈妈的话，他一直都是个听话的好孩子，童奶奶真多余。他笑嘻嘻地挥了下手，短小的脖颈一耸一耸的。

外面在下雨，岳小聆给拦了辆车，往车上搬东西的时候，雨水从伞骨上渗下来，打湿了童奶奶花白的头发。潘岳伸手在童奶奶脸上胡乱地抹着，口齿不清地说："雨，当心着凉。"这句话是童奶奶的"专利"，往常他下雨天儿跑出去，跟在后面气喘吁吁的老阿姨就喊："你给我回来，下着雨呢，当心着凉。"

童奶奶划拉开潘岳的手，忍不住地笑："我晓得，下回你别跑。"又转头对岳小聆说，"你一个人也多保重，别亏待自己。"

"大家都保重，且好好活着呢。"岳小聆轻快地说，她一手撑着伞，一手把老阿姨塞进出租车，"有事打电话，有空就回来坐坐。"

"哎，打电话。"童奶奶隔着窗摇手。潘岳也摇手："你听我妈妈的话。"

隔段日子，潘岳对岳小聆说，童奶奶不听话。岳小聆感到奇怪，潘岳就说，童奶奶走的时候说打电话的，这么久了，她没回来，也没打电话。岳小聆问，你想童奶奶吗？潘岳说，想。岳小聆觉得特惊喜，想一个人的滋味是什么样的，好多正常人恐怕都不记得了。

潘岳还在特殊学校交了朋友。

学校办晚会，有个坐轮椅的孩子不方便，潘岳会一直在旁边等着他。

班上有画展，虽然个头不够高，他也会踮着脚帮人挂画。

休息日拉着岳小聆上街，潘岳说要买糖葫芦。

哪里有卖糖葫芦的呢？岳小聆以为步行街那里应该有摊儿，但潘岳说不在步行街，在哑巴巷。他很执拗，岳小聆不敢拂他的意。有这样的前车之鉴，这孩子愿意听你的话，但他的话你若不听，后来发生的事能让你后悔死。

开车要穿大半个城，到哑巴巷的时候，已经晚霞满天了。

霞光很绚烂，红的、金的、紫的，像烧了满天的彩釉。釉色的云一朵朵堆起来，咸蛋黄似的太阳露半个头，羞羞涩涩的。那云下有个半大孩子，长得似乎和潘岳一模一样，远远地，扛一只大头棒儿，上面许多小孔，插着竹签串的糖葫芦。

潘岳拉开车门跑过去，岳小聆也赶紧跟上，母子俩往哑巴巷口奔跑的姿势像两只投林的鸟。跑起来的气流夹着五月的熏风，从耳边嗖嗖穿过去，痒痒的，空气中有一股新鲜的香甜气味。

到跟前儿，岳小聆吓一跳，两个孩子面对面站着，都笑嘻嘻的，都是宽宽的眼距、短短的脖颈、谁不客气似的一刀削平了的后脑勺，好像照镜子。潘岳指指尺把长的一串山楂，那孩子就从肩上扛着的大头棒上拔下来，递给他。

山楂果冰糖葫芦挺好看，琥珀色的糖衣上粘着细碎的芝麻，不像街头小推车里售卖的那么五花八门，橘子、香蕉、草莓、菠萝、圣女果什么的都有，还夹着核桃仁和腰果。岳小聆也买了一支，冰糖山楂，没有复杂的口感，只有山楂的酸和冰糖的甜，勾兑出儿时记忆里最简单的味道。

创办心智残障者家庭支持中心的想法，就是在这个熏风醉人的五月的霞光下诞生的。

潘岳只上了半年幼儿园，后来再没去普通的公立学校念书。在现实面前，固执的岳小聆也不得不妥协，只能让潘岳接受特殊教育。为了保护孩子和躲避伤害，岳小聆这样的父母，曾经选择了龟缩在安全的避风港里，其实，让这些孩子和普通人一样享有平等权益的最好的办法，是让更多人“看见”。

起初加入中心的十二位家长，至今还觉得岳小聆的想法有些疯狂，他们的孩子都患有不同程度的智力障碍和自闭症，对于孩子走上社会这条路，他们并不抱有乐观的态度。毕竟，一个不正常的孩子，要想融入正常的社会，太难了。

“为什么不呢？”岳小聆一个个说服他们，努力克制着突然涌上来的眩晕和恶心，汗水从她的额头不断渗出来，像挂着一颗颗明晃晃的晶体，“与其让孩子二十岁就退休，不如花四十年让他学会走出去。”在此之前，这些操碎了心的父母对于孩子未来的规划不过是随遇而安。还有比这更好的规划吗？从特殊学校毕业后，就像宠物一样被养在家中，没有歧视，没有侮辱，没有伤害。最怕的是，父母老了，不能动了，他们还活着。

A2

×年×月×日

有人说，灵魂的重量是21克。我不知道死后有没有魂灵，我是个无神论者，也正因为如此，我比那些信奉神灵的人更惧怕死亡。我知道从哪里来，却不知道往哪里去。在离开之前，也许我还能够做点什么。这对我很重要。虽然对上帝来说，这只是一件小事。

——摘自岳小聆日记

岳小聆就像一块松软安静的插花海绵泥，此刻，她的头上、身上开满了鲜花。

都说往事如烟，对于潘正峰来说，一幕幕往事却清晰得有如烙铁。面对眼前的这个女人，他说不出的伤心，愧疚，自责，惶恐……他静静地看着她，她的脸还是那么好看，像不曾经历孤独、伤痛和背叛。大片的百合、康乃馨、车矢菊和戴安娜玫瑰包围了她，使她消瘦的脸庞洇出几许芬芳。

她喜欢花，喜欢生命，现在她就躺在一片花香中，安然地享受着永恒的生命。

潘岳在一旁面无表情地念叨着什么，听起来像是一种异族的咒语。潘正峰不敢肯定，这孩子懂不懂伤心，对于失去妈妈这件事，也许他还没有能力像正常人那样去理解。

潘老太太参加了葬礼，抹着眼睛说这孩子真可怜。这孩子，不管她承不承认，都是潘家的孙子。她这时候觉出前儿媳妇的好来了，这么多年，那位好强的姑娘没向他们家伸过手，独个儿把愁人的孩子揽了过去，成全了老潘家的体面。潘正峰生女儿的时候，她还来贺过。隐约听过她的事儿，一个人带着孩子，放弃了原先的专业和事业，转行做了心理咨询师。还是那么好强，老妇人暗自嘀咕，自个儿还顾不过来呢，倒替人家瞧病。

“这孩子……”老妇人红着眼圈儿，替潘岳忧心，也替岳小聆惋惜。她问儿子以后怎么打算，儿子眼神空洞，不像藏着答案的样子。这么多年，他的心也还没从岳小聆身上完全收回去。有时候老妇人甚至有些后悔，“宁拆十座庙，不破一门婚”，撺掇儿子离婚这事儿办得是有些不地道。但她又有什么办法呢？不能眼睁睁地看着自己的儿子陷在深渊里，不帮着拉一把。当初，儿子的痛苦，她做娘的都看在眼里呢。这是个没有主心骨的孩子，遇上事儿，倒不如他媳妇杀伐决断。也怨她，打小儿护着他，让他什么事儿都用不着自个儿操心。不过说破大天去，她心疼自己的孩子是没错的，老母鸡还晓得护崽儿呢，她护着自己儿子的那份心，和岳小聆护着潘岳是没有分别的。

把岳小聆推进焚化炉，潘正峰费了点心思，主要是得支开潘岳。这个沉浸在童话中的少年力气大得很，他不让别人动他的母亲。“妈妈说她会变成天上的星星。”潘岳固执地守着他的母亲，想亲眼看看妈妈怎样变成一颗星星飞到天上去。

“变成星星没那么容易，”潘正峰哄他，“你妈妈给你做张蛋饼还得费点儿工夫呢。”潘正峰从烙蛋饼说起，怎么和面，怎么打鸡蛋，油和盐的比例，葱花什么时候搁，等到两面油黄再起锅，这才正合适。妈妈呢，要变成星星，也得有配方和作料，得花段时间。你看你不懂这个，那些叔叔是专门做这事儿的，他们做事的时候不许人偷看，我们就在这安静地等着，一会儿妈妈变成星星飞上天了，你总能看见她。

“不能偷看吗？”潘岳怯怯地问。他对“偷”这个词儿比较敏感，妈妈告诉他，不经人允许拿别人的东西叫作偷，偷东西很不好，妈妈不喜欢这样的孩子。

“不能偷看。”潘正峰抿了抿嘴，像是刚吞了一口辛辣的白酒。

家庭支持中心的人都来了。有几个妈妈哭得很厉害。潘正峰不知道说什么好，他想这些人对他的看法未必是正面的，因为他是个不称职的父亲。但是没有人露出鄙夷的目光，他们都很真诚，说岳老师的话没错，作为特殊孩子的父母，我们应该让更多的人看见我们的孩子。中心的工作已经有了初步的成效，两个刚刚毕业的孩子在就业辅导员的陪同下，获得了工作机会，一个在超市做理货员，另一个，居然得到了一家 4S 店行政助理的职位。他们的室外马拉松和攀岩活动也吸引了越来越多的特殊家庭参与，家长们都主动选择了让孩子融入社会，向社会表达他们的需求和权利。

“老潘，”几个爸爸拍着潘正峰的肩，“走，出去抽根烟。”

点燃的烟卷腾起缭绕的烟雾，起初各自为圈，不久之后就在男人们之间融成一片。

各家都难，也都能相互理解，谈话很凌乱，加上云山雾罩，潘正峰从中捕捉到的信息不是很准确，但有一点是肯定的，他们一直把潘正峰当自己人，岳小聆提起他的时候，总是大方地说潘岳爸爸怎样怎样。潘岳爸爸和大多数男人一样，不懂得表达自己的情绪，他感到难堪的时候只会发脾气。

“我也一样，”有个叫老吴的说，“老婆不让我抽烟，那哪儿成？看什么都烦，最享受的，莫过于下了班躲在车里单独待会儿，抽两根烟。”

还有老陈、老王和老李，他们都觉得老潘的难处能理解。当然，孩子的妈妈们更不容易，她们都是好女人。岳老师把大家拢在一块儿，这就有奔头了，不然他们真是害怕，怕走在孩子前面。

潘正峰猛吸了一大口烟，狠狠地吞进肚子里，那口烟憋得他眼泪汪汪的。

潘岳在等公交车的时候有些心不在焉，他一直想着妈妈变成星星的事儿。

一只蝴蝶飞过来，是春天里常见的黄色小蛱蝶，落在草叶上，狭长的叶背微微一颤。春已经很深了，潘岳眨眨眼睛。还是不要去捉蝴蝶，免得错过公交车，妈妈交代过的。

妈妈飞走两个月了，每天晚上，阿岳都会在窗前看星星。不知道妈妈能不能看见阿岳。

那颗最亮的星星，是妈妈。爸爸指给他看。他也渐渐习惯了和这个叫爸爸的男人待在一起，看星星，或者做点别的什么。

要是遇上阴天，潘岳就和潘正峰说，今天妈妈休息。然后他们去调亮灯光，下一会儿跳棋。那些有机玻璃做成的彩色弹珠在灯下流光溢彩，它们可以在棋盘上随心所欲地跳来跳去，但最后总会围成一大颗星星的形状。让潘正峰惊讶的是，潘岳总能赢。潘岳说这很简单啊，他肥短的小手在棋盘上来回倒腾，你的弹珠，它的家其实在我这面；我的弹珠，它的家在你那面，让它们快点回家就好了嘛。

他就这样简单地赢了潘正峰一局又一局。

对于妈妈变成星星的事，潘岳想得也很简单，简单到愿意和每个人分享星星的故事，告诉他们不要伤心。

在妈妈变成星星的那个仪式上，他见到一个小男孩，大大的眼睛，新月似的眉毛，哭声响亮。男孩哭红的鼻头皱起来，对躺在花丛里的妈妈说："你和我拉过钩儿的，等我回学校上学的时候，送我一架米格战斗机……你快点起来吧，我找到爸爸的宝藏了，我还带回来一整袋红宝石，是送给你的……"他的爸爸站在一旁，眼底有深深的惋惜和遗憾。

潘岳告诉这个皱鼻头的小男孩，妈妈很快会变成星星飞走。男孩惊诧地看着他："不可能，她已经死了。""是的，我妈妈说她死后就会变成星星。"潘岳回答得很认真。小男孩一拧脖子，露出怀疑的神色，潘正峰赶紧对小男孩说："没错，你可以回去问你爸爸。"

男孩跟着他的爸爸走了，潘岳感到很遗憾，他还没有告诉小男孩哪颗星星是妈妈。

公交车到站了，潘岳睁大眼睛，望望车前脸上亮着的红色数字，是10路车，没错。上车，往里走，坐三站，下车，转154路公交车，再坐两站，就是学校大门。潘岳在心里反复念叨着，他向妈妈保证过，不会出错，妈妈已经知道了，阿岳会自己坐公交车上下学了呢。

走进学校大门的时候，潘岳给潘正峰发了条信息：我到学校了。

换作以前，他会给妈妈发信息，但是妈妈说她变成星星以后就没有手了，用不了手机。所以阿岳可以给爸爸发信息。爸爸每月去交电话费的时候，会通过电话公司的特殊信息渠道，给妈妈发射信息。他们都是很特殊的人——阿岳，和妈妈——所以要上特殊的学校，用特殊的联系方式。

潘正峰收到潘岳发来的信息，他向右打了一把方向盘。轿车靠右行驶了一小段距离，缓缓地停在路边，嗒嗒地跳着双闪。车流从他摇下来的车窗边横擦过去，街景繁忙，川流不息。他有些发愣，忽然很想抽一支烟。

潘岳不让潘正峰送他去学校，他说妈妈还没有变成星星的时候，他就已经一个人去学校上学了。潘正峰说，妈妈向他交代过，以后送阿岳去学校。潘岳执拗地摇摇头，你骗我，妈妈不是这样说的。潘正峰很尴尬。岳小聆的确和他说过，潘岳可以自己去学校，但他总觉得亏欠母子俩太多，想尽量做点什么。他不知道岳小聆在这十年时间里，是怎样把一个智力不足六岁、被诊断为没有自理能力的孩子，训练得这样省心的。她好像会魔法，她总是让他又痛苦又惊讶。

烟灰掉下来，潘正峰恍然不觉，车窗外春风浩荡，很快就吹散了他唇角边缭绕的缕缕烟雾。远远地，隔着一条马路，他看着潘岳背着书包走进学校大门，在一栋楼角转了个弯，消失在梧桐夹道的小径上。

梧桐已经很葳蕤了，密密实实的冠盖挡住了他的视线，他决定以后不再跟着公交车跑这条线了。

在潘正峰看不见的楼角那儿，潘岳抬头望望天，天空明亮，像一块白板。

星星是亮的，所以白天看不到星星，就像一颗白纽扣放在白色的背景上，就看不到白纽扣了。所以，夜晚特别值得期待——

每到夜晚，星星就出来了，那颗最亮的星星，是妈妈。

潘正峰在岳小聆的书房里找到了九本厚厚的日记。

斯人已逝，没有带走的，只剩下回忆。他忽然发现，他和她之间的回忆竟然如此单薄，如果不翻开那些泛黄的日记本，他甚至不知道岳小聆是什么样的。

他迫切地想知道她的样子，就从日期最近的那本日记翻起。

×年×月×日

最近瘦得厉害，可能是离那一天越来越近了。

我给自己置办了一个“恐惧保险箱”。富兰克林·罗斯福说，我们唯一害怕的，是害怕本身。这个办法我常教给别人，让他们不再感到害怕，现在自己用上了。

不知道有没有机会再打开那个保险箱，取走我的恐惧。

× 年 × 月 × 日

今天做了件疯狂的事。

南山路上新开了一家死亡体验馆，路过那儿的时候，就进去预约了。今天是“死亡”的日子，我穿了件红色的毛衣上路。到了那儿一看，都是年轻人，我是唯一的一个老人家。意料之中，第一轮我就被“淘汰”了。穿过“无常”门的时候，我想了很多，但是并不害怕。四面都是玻璃，头顶上也是，脚底下也是，这样我就好像悬在一个没有边界的空间里了。一束束冰蓝色的激光线把黑暗切割得四分五裂，我看到所有的东西，包括我自己，都是破碎的。风从地底来，有奇怪的声音，好像是嘶吼，但也许是哭泣。这条无常之路，只够一人容身，就像死亡之旅，从来都只能一个人走……

× 年 × 月 × 日

我给阿岳编了个故事。以后，也许没什么机会给他讲故事了，这个故事我得好好地讲。他从小就喜欢听我讲故事，我讲的每一个故事他都深信不疑。

据说灵魂是有重量的，不多不少，正好21克。人死了以后，会变得轻一些，那些跑掉的分量，就是灵魂。这也许同我跟阿岳讲的故事一样，只是个故事，但，我现在愿意相信这样的故事了。

×年×月×日

给潘正峰打了个电话，他好像挺忙的，但还是来了。每次见他，都感觉到他的愧疚，其实这大可不必。可见，我年轻时的眼光也并不是太差。

我们在欢乐颂广场的必胜客餐厅吃了顿大餐。这对于潘正峰来说，确实需要一些勇气，他在意的那些东西都在一旁虎视眈眈，但我偏要告诉他，这些都是“假”的。我没有时间向他解释太多，只好使用“冲击疗法”了。

×年×月×日

家庭支持中心运转得不错，越来越多的人愿意和我们合作。一些机构和单位甚至希望建立长期合作关系，这些都让家长们看到了希望。

昨天晚上的篝火晚会非常成功，我们一起跳舞、烧烤、卡拉OK，所有的人都开心得忘了时间，直到筋疲力尽地倒在沙滩上。沙子又细又软，我舒服地把自己放在上面，想到了第一次亲吻阿岳的情景，他的脸颊就是这样柔软幼嫩。现在他已经长成大小伙子了。他的舞伴是一个叫眉眉的长发姑娘，漂亮极了，像一个放大的洋娃娃。拍照的时候，阿岳主动蹲下来，因为眉眉患有侏儒症。他照顾她的样子就像一个绅士。

× 年 × 月 × 日

小培的案例让我想了很多。那个一直缺席的父亲，小培不愿意接受他。如果不是母亲突然遭遇车祸，父亲也许不会再出现。我突然意识到，我和小培的母亲一样，都做了一件错事。为了消除一种负面的影响，植入另一种负面的信息，这对孩子来说，是保护还是伤害呢？

潘正峰想，那个叫小培的孩子，就是那天和父亲一起来参加岳小聆葬礼的男孩。因为岳小聆网购了一架米格 -3 战斗机模型，放在书柜的第三格抽屉里。看得出她很喜欢这个聪明的孩子：

小培告诉我，这是二战时的“航天英雄”，长 27 英尺 1 英寸，翼展 33 英尺 6 英寸，载重 7415 磅，最高时速 397 英里。他父亲一定不知道他有这么惊人的记忆力。

潘正峰找到了岳小聆以前的助手，并在这个热心的姑娘的帮助下，赶在新学期开学那一天，把礼物送到了男孩的面前。男孩又惊又喜，兴奋得跳了起来。然后他抱着飞机模型告诉潘正峰，他已经从他爸爸那儿知道潘岳哥哥的故事了，现在他相信岳老师的确变成了星星，一颗非常亮、非常亮的恒星。

潘正峰被孩子的话逗乐了，非常亮、非常亮的恒星，他重复着男孩的话，眼窝又开始发热。他觉得这段日子自己变得脆弱了，动不动就有流泪的冲动，而这一切，都是岳小聆带给他的。她都变成星星了，一颗质量 21 克的星星，他遥远地想，但她还那么切近地影响着他，就像天边的月亮对地球上潮汐的改变。

× 年 × 月 × 日

最近看了一本书，《脆弱的力量》。我很震惊，这是我一直都不知道的——脆弱，其实是力量的一部分。如果我早一点看到这本书，就不会装作若无其事，也许阿岳就会有一个和我们站在一起的爸爸。

我真应该向潘正峰吐露我的脆弱，在我最需要他的时候。

太傻了，那时候我不知道脆弱才是支撑彼此的力量，而不是故作坚强。我想，每一次潘正峰看到我的样子，都会感到厌恶。因为我让他愧疚，甚至恼羞成怒。他因而看不见我的恐惧，我的悲伤，我和他一样的、在众人面前被剥光了衣服一般的羞耻感，以及，那颗载浮载沉的软弱之心。那时候我们都不懂得接受自己作为一个人的局限性。

这能怪谁呢？从小我们接受的教育就是，你不能把自己的伤口扒开，因为那是丑陋的，恶心的，扭曲的，没有人愿意看到。大家都希望积极、健康、正能量，从没想到给那些负面的东西提供情绪容器，谈论黑暗和阴影是可耻的，那会让我们在人群中陷入低自尊的评价。就这样，我们在意别人甚于关心自己，终于把自己推上了义无反顾的绝境。作为男性，潘正峰可能承受的压力更大一些，因为社会不允许他软弱。可是，有些事如果不流泪，你就只能让它变相地发作出来，比如，愤怒，暴力，物质成瘾。尤其是，当他的妻子在他面前表现出若无其事的“坚强”的时候……

在泪流满面的忧伤中，潘正峰仿佛看到时光倒流，回到十多年前，回到更遥远的年代，他读着情诗，撩拨着心爱的女孩那如水般柔软的长发，向她表白“当你老了……”一扇扇曾经在黑暗中悄然闭合的大门，哗啦，哗啦，迎着明亮的光，渐次打开。

返　景

一

李末影见到江涛的时候，手不自觉地抖了一下，一滴暗苦的咖啡洒在白绿相间的格纹桌布上。李末影想，不会吧？但是江涛面带微笑一步一步走过来，似乎没看见她一脸惊愕的表情，或者说，压根儿没看见她？对面的那位倒是娇嗔地摇起手来："老公，这儿呢！"江涛点点头，稳扎稳打地踱到李末影她们这桌。

他先是招呼了李末影身边的张大姐一声，这才把目光撩到李末影身上，客客气气地，像是从来不曾认识过这么一位似的，微微颔首，浅淡地说了声："你好。"

欠身坐下的时候，江涛的表情自然得如同他面前那杯刚由侍者端上来的柠檬水，除了漂在面儿上的一片淡黄色柠檬有些表明身份的态度，怎么看怎么像无色无味的纯净水。戏过了啊，李末影心说，但没揭穿他。他现在的身份是对面那位的老公，张大姐的侄女婿，第一次见李末影，两人能说的客气话，无非"幸会"而已。侍者殷勤地站在一边，弓身问江涛还需要点什么，江涛说茶可以清心，绿茶吧。说话间似乎有意无意瞟了李末影一眼。

对于张大姐把见面地点选在这么一家风格复古的咖啡馆，李末影没什么意见，作为一名专业的保险经纪人，客户的要求总是合理的。张大姐的侄女四十岁上下，看上去姿色平平，也许是疏于保养的缘故，干纹和黑头都比较明显。李末影在心里叹了口气，盯着她倒还周正的五官——也不算太老，听说孩子七八岁，刚上小学，淘得不行，只好辞了工作，在家全职带孩子。这才哪儿到哪儿，就把自己糟蹋成这样，压根儿没工夫展现妆容精致的一面，难怪老公出轨。她的老公呢，现在正跷着二郎腿，眯缝着金丝镜框后的一对小眼睛，双臂打开，一只手搭在她这一侧的沙发靠背上（看起来像是搂着老婆，不过显然是错觉），一只手搭在大腿上，嗒嗒地打着节拍。看那副胸有成竹的模样，李末影有些气不打一处来。她挺了挺僵硬的背部，用前倾的姿势把保险计划简单推介了一下，就直截了当地开始“逼宫”：“江总，您看呢？”

“唔，可以呀。”江涛望着自己的妻子笑了笑，“小雅，你觉得好就可以了。”

那个叫小雅的妻子，居然显出一丝娇羞的颜色，歪着脑袋说：“我真是不懂这个，你说好还是不好？”

从李末影的角度，这种表演看起来很奇怪，但也许并不是表演，夫妻俩这样相处成了习惯，倒让她这个外人见笑了。之前江涛没来的时候，小雅的言谈之间，就显出对夫君的崇拜，可能她真的认为自己是家庭妇女，什么都需要仰仗这个须弥山一样的丈夫。而江涛呢，对另外一个女人是满满的宠溺和骄纵；面对妻子的时候，就只剩下略显淡漠的慈祥了。

张大姐适时做了一把推手，大包大揽地说："要我说，保险总是要买的，小江这么厚的身家，总不能'裸奔'吧？买给儿子，怎么都亏不了。我一直是找小李买的，产品啊，服务啊，都放心，小李人不错的。"

这样就算成了一大半，毕竟张大姐是做长辈的。

下次见面就可以直接签合同了，李末影对江涛礼节性地笑了笑，心里还有些微澜没来得及平息，却见江涛大手一挥："下次来我公司吧，待会儿把地址发给你。"

账是李末影结的，这也是规矩，不可能让客户掏钱买单。但付账的时候，李末影还是有一丝不快，她摇了摇头，才把拒付江涛那杯猴魁的想法摇出脑袋。

江涛公司的地址她是不需要的，她连他家在哪儿都熟门熟路。当然不是和小雅的家，她是到今天才知道他还有一位叫小雅的妻子。李末影又摇了摇头，苦笑一下，嘲讽？同情？见怪不怪？她搞不清楚为什么不当众拆穿一个骗子，为了不失去一票生意？恐怕没这么简单。

很快，江涛的电话就打过来了。这一点倒不出李末影的意料，他总要跟她说点什么。

"我请你吃饭。"江涛的声音还是那么笃定，"不跑远了，咖啡馆附近有家川菜馆，味道还不错，我记得你也蛮重口味的，和蜀徽一样。"

"怎么，想堵住我的嘴？"李末影一改刚才的客气，瞬时就变得尖削刻薄。她和他是多年的老相识了，有时候她和蜀徽逛街，他还跟在后面拎包。她不止一次地打趣过他，老婆奴啊你！他也不恼，觍着脸说我愿意。蜀徽只摇着手笑，说你别管他，我们逛我们的。

“要不要叫上蜀徽？”李末影有些挑衅地问江涛。江涛立刻软下声来：“别闹了，我有苦衷的，一会儿聊。”

川菜馆不大，倒很精致，他们要的是雅座，几竿竹子隔出一块相对私密的空间，挺适合两人“谈心”。李末影觉得江涛狗嘴里吐不出象牙，说得再好听，也不过就是那点儿破事。什么苦衷，男人出轨的时候，总是有苦衷的。

“不是你想的那样。”江涛无奈地解释，给她斟了一杯茉莉花茶，态度还比较谦卑。

“我怎么想的你知道？”李末影不客气地将了他一军。

江涛反倒笑了，摸着下巴说：“我也没办法，你都看到了，我老婆离不开我的。”

“大老婆还是小老婆？”李末影的背部又有了发紧的感觉，不自觉地僵直了身子向前一挺，看起来有些咄咄逼人。

“别价，”江涛求饶，“我就想好好跟你说说话，别把我当阶级敌人好不好？”

“你说。”李末影面无表情。

就从小雅买保险开始说起。江涛说我哪知道她要找你买保险，要是知道，打死我也不过来。这事儿都这么多年了，大家都相安无事，小雅和儿子，蜀徽和女儿，他两头都顾得挺周全，谁都说他是好丈夫，好父亲。

“放屁！”李末影忍不住爆了粗口。

是放屁。江涛承认，他是有点自私。可他又为什么呢？为了不伤害原配？还是为了给小三儿一份真爱？“我他妈要是一点都不在乎蜀徽，我玩玩儿得了，我和她这么正经地过家家？”江涛猛拍了一下桌子，李末影冷不防倒给吓了一跳。

回想起来，他们两口子还真像是“过家家”，没有正式履行法律手续，但世俗的一套生活程序一样不缺。每天，江涛出门去公司打理业务，下班后常有应酬，但忙完了一定回家，偶尔也会陪女儿写作业，隔段时间必陪老婆逛逛街。和任何一个有身份、有身家的男人一样，他也忙，可忙归忙，总有一处是牵着他的，那根线就握在一个叫禹蜀徽的女人手里——现在看来，一切都是假象。经年累月如一日地坚持作假？李末影倒也十分佩服。从认识禹蜀徽那天起，她就以为江涛是禹蜀徽的老公。那会儿买保险还不像现在手续这么严格，他们夫妻俩在李末影手上买保险的时候，李末影没见过他们的结婚证，不过偶尔去他们家，挂在背景墙上的108寸巨幅结婚照怎么看也不像是假的。

禹蜀徽和李末影谈得来，是老客户也是老朋友，李末影在情感上还是偏向禹蜀徽的，这可能也是她没当场拆穿江涛包养小三儿的理由。江涛便觍着脸问她，下个月我去德国，要不要给你带个包？少来！李末影白了江涛一眼，到底还是把路见不平踩一踩的冲动按捺下去。

天色暗下来，几只蝙蝠从一片苍茫的深灰里掠过，倏忽飞到林子里隐没了踪迹。和江涛分手后，李末影一时有些茫然，她拒绝了江涛的座驾，说坐地铁更方便。江涛笑笑，从摇下的车窗里扔出一句，当心脚下，走好！便踩着油门轰然离开。

刚打地铁口出来的李末影深吸口气，仰首看看头顶的一片空茫，星子还没亮起来，只有瘦瘦的一弯弦月若有若无地挂在当空。当初把房子买在这儿，也是图清净。说是花园洋房，她倒不在乎这个，看重的是这一片儿有山有水，有天有地，不必抬头见 CBD，低头见 IFC。若是倒腾公交去市中心，起码得花上半天的时间。不过李末影乐意。洋房的地下车库里，有她的私家车，但她很少开，尤其是去市中心。一方面车技不是很好，另一方面她喜欢踏踏实实地在路上跑。人不能闲着，闲下来反倒容易胡思乱想。悖论的是，生而为人，又很难不胡思乱想。这时候还是需要一个安静的地儿，比如，这栋有山有水有天有地的房子，勉为其难叫作“家”的地方。

打初中那会儿开始，儿子读的就是寄宿学校，李末影乐得清净。这家，只有周末的时候热闹些，也不过就是她和儿子，母子二人为吃什么、怎么吃或者学什么、怎么学拌几句嘴。今天是周三，理所应当做母亲的形单影只，李末影也不以为意。这就是单亲家庭的好处，孩子不在身边的时候，想怎么着都行，省得看配偶的脸色。

李末影把自己舒服地甩在沙发上，四仰八叉地吼了一嗓子，啊——！沙发是布艺的，柔软布面上的蓝色小花被她一压，一吼，惊得簌簌打开了花瓣。这感觉真好。

屋里没开灯，李末影望着暗夜里大大小小、高高低低的朦胧轮廓，根据白日里的印象复原它们的色彩和细节——这里是层次繁复的博古架，那里有张造型夸张的餐桌，再远些是吊顶的藤椅和落地的巨大花瓶……不过或多或少总有些差池，有些甚至根本想象不出它们的原貌。她还以为，她对这些家私早就足够熟悉了呢，到底还是自以为是。

她很喜欢这游戏。

家具在她面前开始移动，像是长了脚，按照时间的顺序排列出一组奇怪的矩阵，她依稀记得，她砸过这只酒柜，掀翻过那条茶几，还在大衣橱上砍过一菜刀……家里乒乒乓乓的，不得安宁，婆婆也是烦了，怕了，不得不求饶：“算我们家欠你的，真不想过了，就算了吧。”

于是就算了，她抱着两岁的儿子，义无反顾地离开，连回头多看一眼都觉得恶心。

这是多少年前的事了？好像扳着指头也算不清楚。一个人只有十个指头，不够呢，她算完了自己这份儿，还得掰开儿子的指头，才能合计出全部的屈辱和愤怒。真是太屈辱了！太愤怒了！他怎么能够!

她还记得自己带着儿子去上海找他的情景。那天，天气明明不错的。她敲开门——真是，她明明有钥匙，莫名其妙地却要去敲门，是打算给他一个惊喜？——谁知来开门的却是个穿着吊带睡衣的女人。这下尴尬了，女人以主家的姿态牢牢地嵌在门框里，把守关隘似的斟酌着什么，本能地亮出一副警惕和防备。女人的美目望着她，有那么一瞬短暂的定格，她不知道是不是走错了房号。记忆中，丈夫在虹口区的华昌路买过一套公寓。当时她还大着肚子，他说等她生了，就把老婆孩子都接到上海。谁知儿子生下来以后，还是没给他们合家团圆的机会。也许是水土不服，只要一到上海，儿子就跑肚拉稀，怎么都止不住。她也感到奇怪，明明吃母乳的，又没有乱吃其他东西，就这，也拉，好像上海的空气、阳光，还有通过她的身体过滤过一遍的乳汁都不能使儿子满意。她只好仍带了孩子回老家去住。这回来上海，有点鬼使神差。三个月前，儿子断了奶，现在靠着牛奶、鸡蛋和水果，长得虎头虎脑，她忽然就心血来潮，兴许，身子骨壮起来的儿子，不怕上海了。

她兴冲冲地带着十八个月大的儿子来见他，没想到走错了地儿。这时候，房里有个熟悉的声音传出来：“谁呀？”仿佛是自带特殊音效，如同霹雳划过长空，倚门而立的吊带女和略感抱歉的李末影同时一惊，瞬间明白了对方的身份。李末影蒙了，被人打了一闷棍，意识突然被剧痛抽掉，却还保持着身体的僵立。她瞪大眼睛，瞅着那个熟悉的男中音飘过来的方向，很快又闭上眼睛，似乎这样就能全盘否定声音的主人。但是迟了，怀里的儿子已经迫不及待地伸出小手，快乐地大叫起来：“爸爸！”

二

说起来，她和高原是有感情的。李末影也承认，高原死活不愿意离婚，多半还是念旧。这么个小有成就的男人，从老家一拳一脚打到上海来，在这十里洋场上风生水起，有自己的公司和公寓，喜新而不厌旧，那个糟糠之妻，能忍就忍了吧。反正他总是寄钱回来的，逢年过节，也是大包小包地往家里送，她当没这回事就算了。都这么劝她。她也劝过自己。可一想到儿子对着那个衣衫不整从卧室里出来的男人喊爸爸的情景，她就要发疯。她觉得他不是人，他怎么可以让她的儿子看到这样一个爸爸！十八个月大的婴儿，也许没有长久的记忆，没有判断的能力，但是，已经有情感了。他看到母亲被雷击中了一样，眼里闪着泪花却拼命不让它流下来，对着思念已久的男人不吭一声，然后，咬着牙转身，不给那个碎成渣的东西一点机会。被他叫作“父亲”的男人跟在后面喊着，追着，甚至跑掉了一只拖鞋，但母亲还是紧紧抱着他，决然地离开了。

高原从上海一直追到老家，速度和诚意都不差。李末影还没到家，他已经跪在那里了——她抱着儿子赶火车，然后转长途汽车，一路够颠簸的，看到院子里那辆上海牌照的路虎，一下子就瘫倒在地上号啕起来——“天杀的，你回来做什么！不如死在外面！”婆婆姑子过来又拉又劝，她只抱着儿子不松手，像只破口袋似的坐在地上，任谁都掀拽不起来。闹了半夜，袋子里的水都漏光了，只剩下干瘪的一层皮。

“我要离婚。”她面无表情地说。

“我不离婚。”高原跪在她面前。

“离啥婚哪！”婆婆焦得嘴唇上起了皮，姑子也哄着孩子劝。

有半年时间，高原把上海的生意都撂下了，专心专意在家陪着李末影。可李末影还不知足，她说你现在做什么都晚了，你捅了我一刀，伤到心脏了，心脏啊，你知道不？心死了，没了，你说什么好听的都没用了。我不听我不听我不听，我没有你照样活，我儿子也是，你没我了，也没儿子了，你活该！

高原是活该，可儿子呢？她离婚的时候没想那么多，只是觉得离开高原才能重新开始。没办法面对那个男人，想想都脏，她不把他从生活里彻底抖搂出去，她这只破口袋，就只能越来越支离破碎。

此一时彼一时，这时候的李末影再想想那时候的自己，不免疑心，用半生的时间做了一场噩梦。后悔倒也谈不上，但是，那么固执己见地和一段并非不可修复的关系决裂，彻底地打破原有的平衡，是不是聪明之举？已至不惑之年的她，却困惑得无法用肯定的语气说服自己。年轻的时候，喜欢分对错，以为做人就该爱憎分明，时间却告诉她，过于浓烈的爱和恨，都不是正当的人类情感，越是极端，越是残缺。所以，重要的是生活的平衡，而那往往意味着生命的平衡。

儿子是在省城上的幼儿园。起初不适应，她也一样不适应。不过她跟自己别扭着，终于把儿子也别扭过来。

孩子和母亲是同体同命的，她带他来到这世上，什么都丢了，也不能丢掉他。所以离婚后，她带着儿子搬到了省城，和他们一起来省城的，还有她的母亲。

“你过的这是什么日子哟！”母亲总是这么唠叨李末影，实则还是心疼她这个幺女。李末影想，如果没有母亲的帮衬，最初的那几年，她也许会被失衡的生活打趴下。

和高原结婚后，她就从县医院辞了职。那是他们相识的地方，因阑尾炎住院的高原拉着护士李末影的手，向她求了婚，并且允诺了一世的富贵荣华。她信了他，怎么能不信呢？刚刚从护校毕业的她，还没有经历过人生的风波，对于爱情抱有的幻想，比起灰姑娘和人鱼公主都毫不逊色。尽管那时候高原不过是个外贸专业的大四学生，连个名牌包包都买不起，但他说的，她都信。她等他大学毕了业，去上海滩闯了几年，回来说，我娶你。她就开开心心地嫁了。然后，安静地在家里做个小媳妇，给他生孩子，从来没有想过，有一天会遭遇这样的难堪。他们的爱情长跑是有口皆碑的，怎么到头来，还是守不住婚姻。李末影不觉得自己有错，高原也流着眼泪说她没有一点错，错都在他，是他不好，可是为什么偏偏是她受到最残酷的惩罚？她咬牙切齿地想和他断绝关系，不接受他的悔意和好意，让他拿着他的臭钱滚蛋，结果，有段日子相当拮据，不得不从月头算计到月尾，省下盒饭的钱，只为儿子能喝上一口牛奶。她在外面饿着肚子跑客户，拉订单，风里来雨里去，遭人白眼，热脸贴冷屁股，这才想起来，做“高太太”的确是容易多了。不过世上没有后悔药吃，她也不屑回头，比起一个人完整的尊严，她宁愿丢掉一个完整的身份。

认识的人多了，虚与委蛇，阳奉阴违，她渐渐明白，人生就是用来蹉跎的，可能，见惯花开花落，才懂得到底什么是惜春。现在倒过去回想那一段激烈的，甚至近乎惨烈的人生，是有那么点“一根筋”，不值当她自虐般的坚持。她经历的一切都那么平凡，狗血而世俗，倒显得她气量不够，进退失据。有时候和朋友聊天，她也会自嘲，说自己缺了一颗平常心。她的朋友也有因为老公出轨闹离婚的，她还拿自己做例子来劝她们，有些反面教材的意思。朋友说，你现在叫我忍，当初你又忍不住，可见这事儿摊在谁身上谁恶心，甭劝我。她就笑眯眯地打马虎眼，我不劝你，我就跟你算算账，我们只说“划得来”还是“划不来”的问题。要是到最后，咱反倒吃了亏，不是更恶心？然后她啪啪啪把这笔账算下来，朋友多半就不离婚了。老话说，宁拆十座庙，不破一门婚。李末影觉得自己也算是积阴德。不过“姑息养三”这事儿，算什么呢？她还没琢磨清楚，因而江涛请她帮忙继续演戏，她心里像活吞了只苍蝇。省城这地方，说小不小，说大也不大，江涛能把俩老婆摆平这么多年，可见有恃无恐。丫凭什么？李末影四仰八叉地躺在开满暗蓝色花朵的布艺沙发上，凝神钻研某个严肃的科学问题似的冥思苦想。

在川菜馆里，江涛倒是没有拿出那种老子有钱为所欲为的嘴脸。他给李末影斟茶的时候，甚至有些小心翼翼。有段时间他们还专门探讨了社会成本的问题，说到了科斯定律。这是一条表面看起来很流氓，但是内里不失君子风骚的经济学定律，最流行的版本是：在交易费用为零或足够低的情况下，不管资源最初的主人是谁，资源都会同样流转到价值最高的用途上去。用大白话来说，就是“谁用得好就归谁”。江涛说李末影是聪明人，和聪明人说话就是这点好，一点就透，她是做保险的，应该也是经济学的拥趸。李末影笑起来，说江总真是有水平，这么龌龊的事儿，也能讲出学术性。江涛也笑起来，哪里哪里，存在即合理，一件事之所以发生，一定有它的理由，我只是希望你不要把我一棍子打死。

李末影打个哈哈，说算了吧，我随身也没带那玩意儿。她想他的话俗得不无道理。禹蜀徽在女人里面肯定算是优质资源，李末影刚认识她的时候，她是空姐。后来生了羡羡，才转去做地勤，不过资本还在，要腰身有腰身，要脸蛋有脸蛋。在李末影的印象里，禹蜀徽待人接物都是标准的东方美女范儿，说话声儿不大，总是压着一个挡位似的；举手投足，不急不躁，弯腰捡个钱包都要侧身压着裙角。江涛呢，老实说也有过人之处，人生的看台若是分座位号，他无疑是坐享 VIP 的，所以，肯定能把这么好的资源用得更好。

江涛说他和禹蜀徽的第一次是因为喝醉了酒。李末影不置可否，怎么开始的不重要，她是个结果导向的人，等着他把故事讲下去。可是江涛在这儿卖了个关子，直接把话题引到传宗接代上去了。

“我和小雅结婚六七年都没有孩子，家里人急得不行，也有擀掇我离婚的……”江涛说这话的时候，气息居然很连贯，一副正面人物的形象，他不急不慢地接着说，“是我顶着压力，没离。人心都是肉长的，你对她怎么样，她能没感觉？我不是说我和蜀徽在一起天经地义，起码没有那么大的道德污点。羡羡比同泽还大一岁，我当初要是抛弃原配，也就没现在这事了……”李末影越听越稀奇，合着小三儿才是那个受了天大的委屈的女人，她不图名不图利，就是想给心爱的男人生个孩子，活雷锋呀。李末影嘬着牙花子，怎么听怎么不对味儿。算起来，她和禹蜀徽认识也有十年了，禹蜀徽找她买的第一份保险，就是为刚满月的羡羡置办的。李末影似乎有些恍然大悟，禹蜀徽不得不为自己的女儿打算，因为那个叫同泽的孩子，虽比羡羡晚出生一年，却可以正大光明地承继父姓。上天开了个大玩笑，原来正宫娘娘能生孩子，还生了个男丁，这样一来，江涛更加不可能抛妻弃子了。

“你倒是享尽齐人之福，就不怕她们俩撞上？”李末影揶揄道。

“概率不大吧。”江涛摸着下巴嘿嘿笑，“不过这次你倒是提醒我了。”

李末影不忿地回怼他：“你也说了，你对她怎样，她能不知道？你背着她找小三儿，整整十年，她不知道？装作不知道吧？”

“也有可能。”江涛自嘲地拍了一下额头，盯着李末影的眼神有些意味深长，似笑非笑地说，“人有时候就是这样，看破不说破，否则容易自作聪明。”

李末影一愣，明白江涛这是在敲打她，只好闭嘴吃菜。

夜色漫进没开灯的房间，在地毯上、墙壁上、家具上、器皿上到处流淌，躺在黑夜里的李末影想，江涛的老婆和禹蜀徽都是聪明人，自己可不能跳出来做这个笨蛋。在感情这件事上，她的确聪明不起来，年轻的时候和高原天雷地火，一下子把后半辈子都烧荒了。后来也不是没遇上所谓“合适”的，但相处下来一比较，还不如高原。想来在情感上有洁癖的女人是不容于婚姻的。并且按照世俗的规矩，婚姻一旦失败，女人就成了有前科的女人，别人是不管你为什么离婚的，一段关系之所以难以维系，必然是双方的错。不得不承认，十几年前，她不就犯过这样的错吗？

那时候高原还是高原，至少外人看不出这个好丈夫有丝毫变质的迹象。是她太敏锐，从他的手机里发现了蛛丝马迹。说起来手机是个好东西，特别能藏污纳垢，谁干了什么，或者谁想知道谁干了什么，都容易。她要是把高原的手机拿给外人看，说不定别人会说她多疑善妒——深更半夜的一条短信：“睡了吗？”发信人是卢铁，一个特别男性化的名字，有问题吗？似乎看不出来。可她知道，她的疑心正推着她一步步地、蠢得不可救药地接近真相。

到了正月里，一家人打麻将，高原的手机又响起来。她就坐在他旁边，听得清清楚楚，刚接通的时候是个男声，高原“喂”了一声之后，听筒里就换了个女声：“你什么时候回来？”高原摸着牌，看起来一副心无旁骛的样子，不耐烦地说：“陪家里人打牌呢，挂了。”她看看他，他脸上平静得很，没有一丝波纹，就连甩出一张“东风”的修长手指，也是那么干燥稳定，看不出任何异样，但不知为什么，她心里反而蓦地抽紧了。

过完年，高原回上海打理业务，她把咸鱼腊肉装满了他那辆路虎 SUV 的后备厢，然后转到车前脸，对着正一丝不苟地擦拭后视镜的高原说：“过得真快，咱家高兴都十五个月了，我想给他断奶。”

高原“唔”了一声，甩开抹布说：“也行，小子现在能吃东西了，省得馋奶，没出息。”

她看着他的路虎开出院子，起先是缓缓的，转个弯，绕过围墙，一到大路上就发疯似的加大马力奔起来，让她想到一个词儿：归心似箭。她抱着儿子，那个叫高兴的小婴儿，还在摇着手说爸爸再见，可他的爸爸早就义无反顾地绝尘而去了。她把头抵在孩子毛茸茸的脑袋上，孩子咿咿呀呀地说着听不懂的童话，她第一次站在离别的路口，却不是因为别离，而不自觉地红了眼圈……

三

李末影打开灯，房间里一下子铺开了暖橘色的光芒。装修的时候，她特意选了这种暖色的灯泡，为了对付冷清，也为了打败寂寞。一个人自由自在，可时间久了，这份自由也能杀人，不是一刀毙命的那种，而是钝刀子割肉，自有从生活的缝隙里渗透而出的慢悠悠的节奏。有时候会误以为它力量绵薄，不足以对整个的人生构成威胁，实则渗肌入骨，日积月累，像是老寒腿，犯起病来才知道来势汹汹。为这，李末影在家里存了点酒，不好受的时候喝一点儿，身子就变轻了。身轻可以上天堂，这时候地面上的事儿便能看得开些。

酒柜旁的矮几上，丢了本高中物理的参考书，李末影心说这孩子，又乱扔！随手拿过来翻翻，完全看不懂。难怪，她没读过高中，初中那会儿学的一点物理，也早还给老师了。她像儿子这么大的时候，念的是护校，也用不上胡克定律什么的，熟悉牛顿比不上熟悉针头。高原就是因为她扎针扎得好，才对她另眼相看。他的静脉长得古怪，有点静水深流的意思，别的护士都摸不着，回回扎得鲜血淋漓，只有她，轻轻一拍，准准的，像只小嘴儿，那么温柔地吻上一口。后来他吻她，也是那么轻轻一拍——不是手背，是她肉嘟嘟的小脸，然后准准的，就噙住了她的唇。她忸怩着躲他，愣是躲不开。就这么狼狈地丢掉了初吻，她一颗心慌得简直要跳出腔子。他还歪着头笑，说我可是盖了章啊，不准再嫁别人。她啐他一口，呸，觉得嘴巴里有些腥苦，并不全是电影、小说里那种甜蜜的味道。

暖洋洋的灯光打在房间的每个角落，所有隐没在黑暗里的时光都无所遁形，她又呸了一口，拍着那本卷了毛边的物理参考书笑骂："王八蛋，你瞧，老娘还真嫁不出去了，只配当一辈子老妈子。"她的视线落在洇染了好大一团墨水渍的书页上，看到那上面写着这样一段话："物体的状态从某种特性变化为另一种特性时，发生质的飞跃的转折状态为临界状态，临界状态也可理解为'恰好出现'或'恰好不出现'某种现象的状态。平衡物体的临界状态是指物体所处平衡状态将要变化的状态，解决这类问题一定要注意临界条件……"就物理学修辞而言，李末影是完全不明白，但这会儿她竟然哑然失笑，觉得这段奇妙的话可以当作哲学文本去读。

什么叫"恰好出现"或者"恰好不出现"某种现象？有意思。李末影荒唐地想，当年她单凭一个女人的直觉，就抱着十八个月大的高兴去上海找高原，可能是"恰好出现"；而她撞破江涛的好事却帮着他秘而不宣，让一切维持原来的状态，是"恰好不出现"。也就是说，同一件事总有两种可能，她没学过动态平衡，所以不知道物体动态平衡中的"三值"问题，可以说是人生的重大失误。如果她早先就能理解，“解决临界问题的基本思维方法是假设推理法，即先做出某一假设，然后再根据平衡条件及有关知识列方程求解”，就不会犯那种反常识的错误，不搞个鱼死网破誓不罢休。

她给自己倒了杯红酒，然后如释重负地在开满蓝色花朵的沙发上坐下去。暗夜里那些幽蓝的花蕾此刻在灯下都变成了明蓝色，与涌动着酒红色波纹的水晶杯撞出一股醉人的暗香。李末影浅啜了一口红酒，打开电视遥控器，电视里正在播放一套老掉牙的港剧，一帮姨太太为了争夺家产各自为战，甚至不惜把儿女掏出来当枪使，一时间风起云涌，家国色变。

改天李末影上江涛的公司去签合同，一路上脚步挺轻快的。她还不至于天真到相信江涛说的每一句话，但全盘否定这个人显然也不现实。生活已经教会了她使用模糊技术，以便更加兼容地处理各种复杂的信息。在江涛、小雅和禹蜀徽之间，她选择了相信自己。

江涛坐在真皮老板椅上，扫了一眼合同，眉毛不自觉地往上一跳，手中打着转儿的那杆签字笔顿了下，一时没肯落下去。

“怎么……”他沉吟道。

原来他预备给儿子江同泽投保的那份保险合同，李末影自作主张地把保额一百万改成了两百万。江涛转着签字笔，一脸询问的意味。

李末影轻咳一声，嘴角含笑地解释说：“反正是给儿子的，两百万不多吧？”

江涛也含笑看着李末影，可能休息不好，金丝眼镜后面的眼泡有点浮肿，透过镜片的折射，看起来越发滑稽。少顷，他点点头：“不多。”签字笔落在纸上，沙沙地，光是听声音李末影就觉得特别开心。

“蜀徽和你说了吧？周末给羡羡办生日趴，到时候带你儿子过来。”江涛没抬头，哗哗翻着保单，好像里面有宝藏似的，要么就是有什么机关。

“好啊。”李末影愉快地答应着，欠起身来，准备告辞，“真快，羡羡都十岁了。”

江涛和谁较劲似的，硬要把时间掰过来，极认真地说：“其实才八岁多，老皇历上说‘过九不过十’，所以打算提前办。”

提不提前的，李末影无所谓，反正羡羡不是她的女儿，甚至也不是她丈夫的小三儿的女儿，无非是准备一套芭比娃娃作贺礼而已。之前蜀徽也和她打过招呼，她想人高马大的儿子是没兴趣参加小女孩的生日会的，他有时间宁愿躲在房里打游戏，要么翻翻军事杂志。退回去三五年，儿子还欢欢喜喜地愿意跟她出来，这会儿喊不动了，喊出来也是一副不高兴的样子。他明明叫高兴嘛，偏偏不高兴，人家就爱拿他的名字打趣儿。有回逗得狠了，儿子跳起来就要打人，闹着改姓，改成李兴。李末影说有这必要吗？都叫这么多年了。都怨你！儿子说，离都离了，为什么不给我改姓？李兴不如高兴好听呀。李末影真是这么觉得的，当初儿子的名字是她给取的，不为姓高，就为高兴。后来跟高原离婚，也没给儿子改过来，因为她觉得儿子本来就跟高原没关系。

怎么可能没关系？儿子梗着脖子挤对她，没关系他给你送钱？儿子说的是他读初中的时候，念的私立学校，正巧李末影刚买了房子，手里缺周转，高原甩过来一笔不菲的学费。儿子听说以后，死活不愿意上学，说妈你把钱还给他，咱不要他的臭钱。李末影劝他，钱分什么香臭呢，有就用呗，又不是偷的抢的。儿子就说妈你变了，你以前不是这样的。李末影一愣，脊背上出了一道冷汗。

再往回倒，儿子刚上幼儿园那会儿，见到谁都爱说，我爸爸出差了。他说这话是“别有用心”的，因为小朋友们都有爸爸，放学的时候，或者开联欢会的时候，爸爸们都出来了，他的爸爸呢？总得有个地方待，于是要给爸爸安排个地方——到上海出差了。爸爸出差出了三年，这三年里头，让李末影最心酸的是，遇见别人的爸爸，儿子也开心得不得了，总爱傻笑着跟人屁股后头跑。人家爸爸要是说：“高兴，你跟我回家吧。”儿子就当了真，小手拉着大手一起走，直到小朋友把他推开，不高兴地说：“高兴，你别跟着我们啦，他是我爸爸，又不是你爸爸。”

上小学之后，儿子嘴里渐渐没了爸爸。具体什么时候没的，李末影记不清了。她太忙，忙得昏天黑地，自从手下有了自己的团队，就不得不往金字塔尖儿上爬，总不能一辈子夯在塔基下，做垫脚石。这时候订单像雪片一样飞过来，她得手脚并用才能把鸡飞狗跳的生活安顿好。至于那个早就成了一句空话的爸爸，管他什么时候从儿子嘴里消失的呢。或许李末影的母亲也起到了一定的作用。这护犊子的老太太不服，凭什么她的女儿给毁在一个渣男手里？高兴要是问到他爸爸的事儿，她就没好气地告诉他：“你爸爸是个混蛋，甭提他。”高兴瘪着嘴哭起来，她就哄他：“别哭啦，跟着妈妈多好，你是咱家的宝贝，想吃什么，姥姥给做呀。”姥姥就像一瓶灭害灵，把高兴关于爸爸的最后一个念想给剿灭了。以至于多年后再提到爸爸这个物种的时候，高兴不但感到陌生，而且无端地感到了愤怒。

“高兴，妈妈再给你找个爸爸好不好？”五月的风吹在脸上，一股花香浩荡的感觉，高兴坐在妈妈新买的私家车上，兴奋地望着沿途的风景。陪着一同来提车的，是妈妈的闺蜜。她坐在副驾上，扭头跟十二岁的高兴开玩笑似的说了这么一句话。

开车的妈妈从后视镜里观察着儿子的态度。她提着一颗心，如果这个叫高兴的小人儿，显露出一点点不高兴的样子，她立刻就会踩住她情感的刹车——和那个刚交往两个月的所谓的男朋友摊牌。

高兴没说话，他看着一路倒退的人、车、树、屋，显出一个敏感少年的深沉。

“高兴，你说好不好呀？”闺蜜还在不识趣地追问这个瞬间阴郁下来的孩子，李末影差点要伸出手去捂住她的嘴。

果然，少年一点也不打算变换他远眺的姿势，就这样支着他冷漠的侧影，平铺直叙地说：“我已经告诉你了。”他的声音空空洞洞的，也在李末影的心上砸出了一个硕大的空洞。

四

禹蜀徽劝过李末影，孩子还小，他懂什么？李末影叹口气，没说话。那会儿禹蜀徽也当妈了，不过行事作风还像个姑娘，没个顾忌。可能江涛一直宠着她，在她的人生信条里，也就有那么相当重要的一条座右铭：女人得有男人宠。她把李末影当朋友，兴兴头头地牵线给介绍了个钻石王老五——江涛的生意伙伴，风度翩翩的章先生。章先生虽中年丧偶，身边却不乏小姑娘蝶舞蜂绕。这年头，身价稳中有升的中年欧巴，倒比毛头小伙子吃香。不过章先生一心想找个合适的人过日子，李末影和他算是有缘的。两人见了几次面，彼此感觉都还不错，只是吃不准高兴的态度。那天陪李末影去提车，禹蜀徽帮忙探口风，是好心，可李末影却感觉闺蜜帮她捅了个娄子。她当时就恨不得捂住禹蜀徽的嘴，可惜晚了一步。高兴用半个后脑勺怼了禹蜀徽一句，李末影心里就一沉。

禹蜀徽想着李末影能从过去真正走出来，享受现在的生活，可是，谈何容易？李末影觉得挺抱歉的，毕竟，自己是个拖油瓶的半老徐娘，倒比那些小姑娘选对象的条件更苛刻。说到底，她是个做妈的——这就是她全部的过去。那个叫高兴的孩子，摆出一副不高兴的臭脸子，就轻易地叫她打消了再往前走一步的打算。她叹气，是因为她知道，孩子什么都懂，其实，她以为他什么都不懂的时候，他已经懂了。比如，在幼儿园跟着别人的爸爸跑回家的时候；比如，从上小学开始闭口不再提爸爸的时候。她甚至怀疑，他是有记忆的，记住了她和他父亲离婚时候的歇斯底里，记住了他看到的所有不堪的画面，包括，对着从另一个女人的房间里走出来的爸爸，无辜地喊：“爸爸！”

她看着他势不可挡地长大，毛茸茸的胎发褪尽，拔节似的，把合身的衣服都一件件变得又小又窄，声音一点点粗起来，硬起来，说话的时候声儿不大，却老到得发沉：“妈，你叫那个人汇点钱过来，不要累着自己。”李末影又是一惊。这时候他已经十七岁了，暑假里和同学出去游学，面孔晒得黧黑，粗粝的皮肤上附着了一片张扬的青春痘，疙疙瘩瘩地让人想到喷溅毒汁的大蛤蟆。她不知道他从什么时候开始不再忌讳提起“那个人”了，就像她不知道他什么时候不再提“爸爸”。

这两年，高原和他们母子的联系比以往频繁得多。可能是因为物是人非，年纪大了，心境也变了。起初是通过高原的父母，以爷爷奶奶的身份来看孩子，送礼物，送红包，出手越来越大方。老人紧紧摁着她的胳臂，不让她有任何推拒的余地，几乎是老泪纵横地说："又不是给你的，是给我们孙子的！知道这些年你们娘俩儿吃了好多苦，要怪都怪那个不肖子，你别嫌我们。我们老了，就这一个孙子，不给他给谁？"李末影心里明镜似的，高原再婚后生了个女儿，二胎一放开，又赶着生了一个，还是女儿。她笑笑，嘴角挂着一丝若有若无的嘲讽。再浓烈的爱恨情仇，时间一长，也看淡了，看开了。高兴终究是高原的儿子，哪怕李末影和他离了婚，还是；哪怕高兴不认高原这个爸爸，也还是。

有了爷爷奶奶的铺垫，做爸爸的，就开始堂而皇之地在母子的生活里出现了。第一次登堂入室，是个大雪天儿。路不好走，爷爷奶奶还是来了，一问，是儿子送过来的，人就在楼下。"影儿啊，让他上来暖暖身子呗？"奶奶可怜巴巴地问一句，话没说完，已经开始撩衣襟擦眼圈儿。爷爷也在一旁期期艾艾地替儿子打圆场："嗐，路上空调坏了……"

就这么着，那人上来了。见了面，也没有多余的话，只是不尴不尬地笑，好像这些年都在这苦笑里打着旋涡溜走了。李末影看着他，心底难免沉渣泛起，话稀得很，爱搭不理的样子。奶奶拉起李末影的手，往那人头上直敲，说你打他，打他，他现在知道好歹了，你莫再记恨了呀，说着，浑浊的老泪流出来，洒得李末影整件衫子都潮漉漉的。

李末影很少去整理生活中的那些细节，要么忽略，要么忘记，实在忽略不了又忘不掉的，只好和葡萄美酒一起存在酒柜里，夜阑人静的时候，叼着夜光杯一饮而尽。现在就安静得很，听得见自己的呼吸声，喝了一小杯红酒的李末影跏趺在地板上，凝神望着虚空里一个并不存在的点，想象它怎样由一个虚无变成一大片虚无。这种瑜伽姿势据说能够打通人体的脉轮，脉轮通了，能量就能自由流动，便可知万物与我并无分别，可以在万物中看见我，也可以在我中看见万物。教瑜伽的老师说，鉴于万物相连的法则，人会认识到真理存在于谎言，快乐存在于痛苦，自由存在于束缚，所以，不应当对万物抱有成见，反观自身，亦不对自己抱有成见。

前两天找江涛签合同的时候，李末影还有点狡黠的小得意，不过现在觉得真是多此一举。她并不了解他们夫妻，凭什么替他们决定在夫妻关系里如何增减筹码？那个叫小雅的妇人，她不过见了一面而已；反倒是江涛，她更熟悉他一些——一个优秀到自负的家伙，倒也不失真诚，因为他认为没有必要遮掩，对女儿，对禹蜀徽，甚至对她李末影。他到底签了那笔两百万保额的合同，有那么一刻，他心底或许会升起些许愧疚，但那并不是最主要的原因。她看出来了，他签字的时候很笃定，保持着一个职业商人的精明和旺盛精力，并没有在情感的天平上大幅度摇摆。她刚进他办公室时看到的那副金丝眼镜后面略显浮肿的双眼，有一刻甚至给她精光四射的错觉。然后就是羡羡的生日趴。她再次见到他，他抱着女儿笑得像个孩子，和一帮小屁孩打成一片。羡羡骄傲极了，有这样一位又风趣又慷慨的父亲在小朋友面前帮她撑场面，小姑娘觉得自己简直就是一个真正的公主。

孩子们闹得不亦乐乎，李末影和禹蜀徽她们几个当妈的，就凑在一块儿聊天。话题当然离不开孩子，说到兴趣班和外教，是念国际学校还是在国内读了大学再送出去，你一言我一语，纷纷扬扬地各抒己见。说到后来，都成了精算师，请个私教多少万，念一个国际班多少万，出国的话，又是多少万，几个妇人七嘴八舌地把教育投资的门槛儿越抬越高，归根结底——得有个能掏得起钱的好老公。自然是禹蜀徽的老公最称职，大家都笑，说羡羡是江涛捧在手心里长大的，禹蜀徽呢，也是好福气，回回给女儿过生日，江涛从不忘给老婆送礼物的。禹蜀徽也捂着嘴笑，腕子上的新款卡地亚镶钻手表闪得耀眼。切蛋糕的时候，江涛把它郑重地戴在她的腕子上，柔声说老婆辛苦了，众人都起哄，羡羡也撒娇地说妈妈的礼物比她的还好。禹蜀徽脸上沐浴着春风，言笑晏晏："他呀，狡猾得很，好的地方都让你们看到了，不好的地方只有我一个人知道。"

现在想起来，这句话倒有些提纲挈领的意思——好的都让人看到了，不好的，且背着人偷偷摸摸呢。李末影觉得有些好笑，自以为和禹蜀徽无话不谈，好朋友却还是背着她，小心翼翼地藏着一个果核样的秘密，咬不开，嚼不烂。当然也不能怪蜀徽，她的本心，恐怕是不欲欺人的，更多的，还是小女人的自欺。细细想来，也是心酸，一个蒲草般的女子，柔韧地缠绕着她的磐石，有名无实，或者有实无名，都是精神的暗疮。

听蜀徽说，她和江涛是在飞机上认识的，当时她是空乘，他呢，是商务舱的常客。高空作业，大概激素水平也偏高，发展到地面上，简直是难舍难分了。要是没有"有妇之夫"这样狗血的景深，也算是一段佳话。郎才女貌，够般配的，两人感情也好，什么时候都是蜜里调油的样子，羡煞旁人。他们的女儿取名叫羡羡，李末影先前还觉得真是应景儿，谁不羡慕这样的夫妻？现在看来，有点意味复杂了，至少隐含着生活的反讽。

禹蜀徽没和李末影谈过江涛有家室，所以李末影也不好和禹蜀徽谈论江涛的家室。这事儿就算过去了，李末影滑稽地想，她要不往外说，江涛风调雨顺的婚姻和禹蜀徽如花似锦的爱情就还在临界状态。她不过是个外人，但她这个外人在微妙的关系当中也不能轻举妄动，一动，就有可能打破关系的平衡。书上怎么说来着？根据物体的平衡条件作出力的矢量图，如只受三个力，则这三个力构成封闭矢量三角形……哦，不不不，看似简单的三角关系，远不止受到这三个只凭借肉眼就可以看见的“力”的左右。就拿羡羡来说好了，如果小姑娘知道自己还有一个同父异母的弟弟，会做何反应？李末影盯着虚空里冒出来的一个个缥缈的力点，油然而生一种悲悯的情怀。

五

银泰中心的满记甜品一直很火爆，禹蜀徽特别喜欢他们家的生磨芝麻糊和杧果班戟。如果约李末影逛街，歇脚的时候，两人一定要在满记点一份甜品。李末影说太甜了，禹蜀徽说哪有嫌甜的道理，难道你喜欢吃苦？两人虽要好，也有分歧的时候，比如对待甜品的态度。一个人的口味，大约和他生活中的态度是相契合的，蜜罐子里泡大的人，总是嫌味道不够甜。像禹蜀徽，天生好像是被宠出来的女人，对于生活的品质，也有自己的一套说辞——“你要觉得这一切都是你应得的，你值得被爱，值得最好的东西，你就是这样好，完全配得上最好的一切。”李末影望着她，笑嘻嘻地摇头：“最好的都给你了，别人怎么办？”禹蜀徽耸耸肩，精致的镂空金属小勺在水晶碗沿上一磕，抿起她好看的樱桃小嘴：“别人？把自己照顾好已经很不容易了。”

李末影嘴角仍挂着笑，眼皮却垂下来。她玩着手中的塑料小叉子，无聊地把它竖起来，在雪白的餐巾纸上扎出无数细密的小洞眼。如果禹蜀徽有密集恐惧症，一定会被那密密麻麻的孔痕吓坏，就这一会儿工夫，李末影已经把一整张餐巾纸戳得像是布满了黑压压的细粒蚕卵。相较于纤瘦的体形，她的手指比较粗，看上去简直像一根根胖大的胡萝卜在胡乱点芝麻。她一边点，一边感叹：“江涛把你照顾得那么好，哪要你亲自照顾自己？”

禹蜀徽皱着鼻子笑起来：“哎哟，我说什么来着？女人到底要男人宠，才不会老得快。我先前给你介绍的老章，很懂得照顾人的，你偏不要人家来照顾，这会儿又来说酸话，是不是早更了？”

“是早更啊！”李末影也笑起来，“我这样自力更生的，不起早贪黑怎么来得及？”

到底没有去触碰那个果核样的秘密，李末影看着她毫无瑕疵的精致面庞，叹着气想，一个人一个命，禹蜀徽是这样一个受到科斯定律支配的优质女人，不晓得是她的幸还是不幸。正无端想着闲事，就有电话进来。号码比较陌生，听声音也不像是熟悉的客户。环境太嘈杂，李末影把手机竖在耳朵边上，调动全部的注意力才听明白对方的意思，越听越是稀奇，眉头不禁皱起来。她一边安抚对方，一边答应尽快给对方答复。不过说老实话，这么棘手的案例，她还没碰到过，到底处理结果怎么样，她心里也没底。对方收了线，李末影还愣在那里，禹蜀徽“哎”一声，把她从恍惚里拽出来。

“怎么？”

“保险索赔。”

“你不就干这个的！”

“干这么多年也没碰上过这种事呢。”

打电话来的，不是李末影的客户，是李末影客户的妹妹。客户妹妹打电话，是因为客户出了事。还不是小事，出了天大的事——客户带女儿上泰国旅游，遇上车祸，直接没了。

按理说，如果保险责任分明的话，索赔是没有问题的。关键是，第一顺位继承人，也就是客户的女儿，跟客户坐的是同一辆车，一起没了。客户的妹妹打电话来说，家里两位老人听到这消息，立马哭晕过去，更气人的是，姐姐的前夫觍着脸跑来跟他们说，姐姐的所有遗产，包括但不限于姐姐买的那份高额保险，按照法律规定，都将由他来全权处理。

“你给我捋捋。”禹蜀徽感兴趣地把脑袋探过来。

李末影就把里面的弯弯绕讲给禹蜀徽听，说这客户真是命运多舛，活着的时候不舒坦，死后也不得清净。年纪轻轻的，就这么突然走了，父母不知要伤心成什么样。她在李末影手上买的保险，那时候刚离婚，大约有些痛定思痛的意思，感慨地说男人不可靠，只能买保险。可能“保险”这两个字，对遭受背叛的女人来说，约略等于安全感。前夫因为是过错方，离婚的时候净身出户。她恨不得挫骨扬灰地啐他：“钱和女儿，都不是你的了，你给老娘滚蛋！”前夫怏怏地滚蛋了，当然是和新欢一起。李末影的客户伤心了一阵子，后来渐渐释怀。只能释怀，生活还要继续，总不能陷在痛苦的泥淖里过一辈子。带女儿去旅行，也是想着能放下，能重新开始，没想到，一去不回。那个滚蛋的前夫呢，立刻兴兴头头地滚回来，还带着一个能说会道的律师，说女儿的死亡时间在前妻之后——出车祸后母女二人立刻被拉到医院抢救，母女俩停止呼吸的时间的确有差别——现在前妻没有了，他这个监护人拿着医院签发的死亡证明，来证明未成年的女儿从母亲那里继承得到的遗产，应当由他来顺位继承。

“还能这样玩儿？”禹蜀徽夸张地“哇”一声，涂着高光眼影的美目里掠过无法修饰的惊讶和鄙夷。她对男人的看法和李末影也许并不一致，两人的身份和处境也大相径庭，不过在斑驳的人性背景下，人心总还是有共通的地方。

李末影双手抱臂，若有所思，接着长叹口气，用了一点意志力，才把不自觉地向前倾的僵直背部往椅背上靠去。椅背是硬木质地，很不舒服，发紧的背部硌在上面，像是绷上了弦。她太清楚自己的这个身体反应了，最初可能来自于那个不堪的画面——她绷紧自己的背部，尽力保持身体的平衡，以免被怀里迫不及待地挥着小手叫“爸爸”的儿子带得摔进那道门里——当然不能一跤跌进去，门里是穿着吊带睡衣的女人，镜头再拉远一点，高原正衣衫不整地从卧室里走出来……儿子奶声奶气叫“爸爸”的声音像是一道魔咒，把所有人的手脚一下子都缚住了。她抱着儿子，艰难地对抗着反向的牵引力。怀里那个十八个月大的小婴儿长得虎头虎脑，浑身是劲儿，竟然差点把她拽进门去，尽管她用尽力气，挺直后背，还是做出个微微前倾的姿势。这个奇怪的姿势就那么定格在画面里，意识与本能，前驱与后退，挣扎与顺从……两个力大小相等，方向相反，作用在同一直线、同一物体上……结果合力为零，李末影摇摇头，把这些突然冒出来的物理学术语甩出脑袋，不禁苦笑。

禹蜀徽问李末影，在这种变态的情况下，前夫是不是真的能继承所有财产？李末影说法律规定是这样的，具体怎么样，要看前夫被狗吃掉的良心还剩下多少咯。客户的妹妹打电话来哭诉，说那个人渣的“良心被狗吃掉了”，言辞十分激烈，不过李末影推断客户的前夫倒也并不打算做绝，大约之前被前妻净身出户心中不忿，借此拿回自己那份儿也说不定。人是很复杂的动物，你跟他讲感情的时候，他不一定肯，因为双方在感情上的付出无法计算，你以为你吃亏了，他还觉得他亏得更厉害呢；讲法律就容易多了，起码在允许的尺度之内，剩下的那点感情，可以收放自如。

两人聊着，都是一副心有戚戚的样子。禹蜀徽下意识地拿小勺敲着碗沿说真是防不胜防啊，买保险也不保险，这世上有什么是靠得住的？李末影把满是洞眼的餐巾纸揪成一团，说亲生的也未必靠得住，买婚买房买股票买黄金，哪样又一定靠得住？说到底只有自求多福，先把眼前的日子过好咯。禹蜀徽点头称是，当下二人在CBD狂扫了一通货，衣服鞋子胸针唇膏面霜指甲油，塞满了手提袋，四只手也还不够用。

禹蜀徽签单用的是附属卡，这边一刷POS机，江涛那边就有银行的短讯通知。结果禹蜀徽的手机也响个不停，嘀嘀地像是报警提示。禹蜀徽掏出手机边走边看，一路咯咯笑。李末影问你笑什么，禹蜀徽就拿手机给李末影看，满屏都是江涛的信息：“老婆，购物愉快。”“老婆，多买点。”“老婆，不要太累了。”

“要不要这么秀恩爱哪？”李末影也笑起来，抬手去拍禹蜀徽的屁股，却把一只购物袋滑落在地上，大开的袋口滚出一顶卡其色渔夫帽。李末影“哎、哎”地追着帽子跑，一边还不忘打趣禹蜀徽：“你看，它也不老实，知道刷的是江涛的卡，不愿给我占便宜。”这一季的新款渔夫帽折扣力度不小，买一送一，禹蜀徽买了一顶粉色的，商家送的那顶同款的卡其色帽子，就便宜了李末影。原本李末影不想要的，她历来没有戴帽子的习惯，不过禹蜀徽硬要塞给她，说是这种帽子修脸，戴上立刻就有层次感了。一边推销的店员也不停地怂恿，在李末影头上不断调整着帽檐的角度，说这样好，你的圆脸适合这种帽子，超级甜美风。可能也想改变一下风格，李末影没再坚持，店员嘴里的“甜美风”打动了她，就像禹蜀徽说的，生活的味道已经够千奇百怪的了，难道不要甜的，要苦的？

六

不知道为什么，李末影最近冥想的时候，总是喜欢联想到儿子物理书上的动态平衡问题，“通过控制某一物理量，使物体的状态发生缓慢变化”，她琢磨着这句话，觉得“缓慢的变化”一词充满哲理和趣味。大多数人都追求稳定而不喜欢变化，但变化总是存在。不过，如果变化是缓慢的，情况就要好得多——最好像黏稠的时间一样缓慢，人就会有种死得其所的错觉，试验效果类似于温水煮青蛙。如果，李末影试想，如果高兴十八个月大的时候，她没有一意孤行地去求证所谓的真相，而是让生活的真相慢慢浮现，现在又会怎样？后来她不止一次地问过自己，她突然心血来潮一般抱着孩子跑去上海，要的是真相吗？不对，她早就已经知道真相了。她要的是一个拒绝服用安慰剂的理由，那种甜甜的，生活的安慰剂。

就拿最近出事的那个客户来说好了，她和李末影一样，也是个不懂得控制物理量的人。李末影认识她的时候，她其实对保险是相当抵触的。李末影找了她几次，她还是坚信市面上流行的一种说法：保险都是骗人的。李末影这人有一条好，她和人交往，素来坦诚，是不是成为客户还在其次，不过八成能成为朋友。熟了之后，两人就聊，聊孩子，聊老公，接着聊到老公出轨。可能就是那时候，两人开始同仇敌忾，女人下决心成了李末影的客户。那时候女人还没离婚，家里一派剑拔弩张的气氛，李末影劝她三思而后行，女人就拿话堵她，你离了，出了口恶气，凭什么不让我离？李末影苦笑，掰着指头跟她算账，这口气的代价有多大。女人说那不是问题，我先让他付出代价。

结果是前夫净身出户，据说还动用了私家侦探，情节比电视剧更狗血。李末影哭笑不得，觉得自己反倒被上了一课。一样是撕破脸，客户比她多拿了几百万。事后客户说，幸好你提醒我，不跟他算清楚，我和女儿多吃亏呀。没想到客户算得这样清楚，最后还是十分地便宜了前夫。李末影顿觉世事无常，一切的算计，到头来都被老天算计了。卖保险是一份工作，保险工作本身体现了人的预见性和未雨绸缪的智慧，不过有些事还真是无法预见和绸缪，如果能清楚地看到尽头，或许就不必苦心绸缪了。

她不知道禹蜀徽是不是个懂得绸缪的人，致力于一辈子做小伏低，也是不容易。

其实一直到现在，她还是不敢相信禹蜀徽会是这种人。

这种人，是哪种人？以她的经历来现身说法，对小三儿简直是深恶痛绝，可是，对着禹蜀徽，又全然恨不起来。禹蜀徽不是她印象里的小三儿，穿着吊带倚门而立，眉眼风骚又不乏戒备，随时准备霸占别人的老公和家产。禹蜀徽呢，她的娇俏和窈窕，热情和真诚，都是清清爽爽的，举手投足，固然有任性的一面，可也优雅到骨子里。说白了，她身上有贵气，天生是做太太的。即使是现在，把那个叫小雅的女人带到李未影面前来，她也还是觉得禹蜀徽更配得上江太太的称呼。不过，禹蜀徽没有那一纸证书，说到底是江涛私藏在小公馆里的一个尤物。想起江涛那一套夸夸其谈的经济学论调，李未影又替禹蜀徽感到不值。在江涛那里，禹蜀徽可能不是个值得伤筋动骨的问题，反正他只要给她恰到好处的恩宠就可以了，她那么卑微地成全他的体面和左右逢源，潦草地托付了自己的一生——可以想见，禹蜀徽连一场宣告权利的婚礼都没有，唯一可以自欺的仪式，可能就是跟他偷偷拍下了那帧巨幅婚纱照。

以李未影的脾气，自然无法想象一个人如何掩耳盗铃地度过一生，又不是天聋地哑，难道当真是能知者不言，能言者不知？她还记得第一次见到禹蜀徽的样子，挺着大肚子去上瑜伽课，认真到汗流浃背。教练说，这个动作孕妇不能做，别的同学可以做个加强。禹蜀徽就停下来，肚皮像座小丘似的墩在地板上，拿块手工刺绣的小方巾擦汗，看着别人做。李未影是新来的，动作不到位，韧带拉到一半就嗷嗷叫，禹蜀徽说你不要这样别着身子，放松，放松，吸气，呼气，吸气，松，再松……李未影放松下来之后，觉得整个人都轻了，软了，禹蜀徽说得不错，她太紧张了，似乎在此之前，她还从来没有真正体会过松弛的感觉。

而禹蜀徽呢？似乎是太过松弛了。在李未影看来，她简直从来不肯为自己的未来感到焦虑和担心，哪怕肚子里怀着一个出生证明

“父亲”一栏空缺的孩子。尽管那时候李末影并不熟悉内情。追求生活品质却忽略人生规划的禹蜀徽就是这样大大咧咧的性格，表面的精致和内里完全不搭。她也确实有任性的资本，当年考空乘不过是一时兴起，这样就解决了人生大事，轻松地做起了江太太。“如果每一步都是想好了再做，很多事一辈子也做不了。”这是她的口头禅。有时候深思熟虑未必是一种能力，而是一种习惯。像禹蜀徽这样的女人，她的人生经历大约没有给过她未雨绸缪的训练，因为一路都是光，不管是自然光，还是人造光。

因为李末影的关系，禹蜀徽为刚出生的羡羡买了一份成长险。当时她还拍着襁褓和李末影打趣：“这么小的小婴儿，我想到她八十岁、九十岁的时候，可以拿这笔钱来养老，真是莫名想笑。”李末影跟她解释，这份其实是年金分红险，就当是长期理财也不错。禹蜀徽笑着说：“用不着想那么远，我们没有遥控器的，现在按一下，好遥远的事就解决了，不可能呀，到时候不知道会遇到什么，把你的计划打得乱了套，搞不好害得你后悔一辈子——早知道是这样，当初不要就那样辛苦啦。”李末影一怔，也对，人那么克制自己，是为了以后过得更好，可为什么一定要等到以后呢？我们是不是先验地建立了一套标准，认定延迟满足才是唯一正确的人生态度？

尤其是现在，李末影坐立在瑜伽垫上，上身垂直于地面，脊柱扭转超过九十度，几组深呼吸之后，思维更是进入一种迁流的状态。她由客户的意外身亡联想到享乐主义的禹蜀徽，由禹蜀徽想到非典型性小三儿，又由此想到波澜壮阔的生活的肥皂剧……从这个角度看出去，景色似乎有所不同，她的目光流淌到窗外一株粗壮的合欢上，夕阳晚照，穿过合欢叶的光斑稀薄而琐碎，摇摇晃晃。

有电话打进来，是高原。李末影抓过瑜伽垫边上的手机，还保持着以腰部为轴向后扭转的姿势。高原说这个周末从老家回上海，路过省城，给儿子带了家乡的特产。“山核桃，补脑子的。”高原强调，不顾李末影的推辞。李末影没再坚持，儿子正是较劲的时候，横在眼前的高考让家长都没了脾气，只要是为孩子好，唉，什么都不说了。

高兴对高原的态度说不上好赖，对这个从生活中消失了多年的父亲，高兴起初是相当排斥的，但随着年龄的增长和高原一家刻意营造的互动氛围，这少年也接受了所谓的高家长房嫡孙的尴尬身份。

“又不少根毛！”少年这么粗鲁地阐述自以为成熟的观点，“妈，你随他们折腾去，给了就要，他们本来就欠我们的。最好也跟他们明说，我今后是打算出国的，一年少说也要几十万吧。”

高兴到底是高家的血脉，既然没办法从根儿上彻底剥离关系，业已被生活打磨得溜光水滑的李末影也就顺水推舟地维持着关系，但她还是看不惯儿子浑不吝的态度，正色斥道：“要不要这么明火执仗啊？我们自己过不好日子啊？”

“过得好着呢，啊，好得不得了，您别生气，我就是那么一说。”儿子睒睒眼，跟她打哈哈，“凡事都讲个因果报应吧，老高家是明白人，啊，明白事理可不就好办了嘛。”

李末影哭笑不得，这个年纪的孩子主意比成年人还大，他们徘徊在一道重要的人生的门槛上，将跨未跨的样子，不那么稳重地摇摆不定，家长替他们着急，他们却以为自己步履铿锵。他们认定的事情，多半就是眼下的样子了，家长不可以因为迫切的心情越俎代庖地校正他们的偏差和失误，等到将来他们终于跨出那道门槛，见识到门外没有边界的风景，自然而然便会嘲笑起那个在门槛边蹒跚的自己。

高兴见到高原，顶多是干笑一声，算是打招呼了。那声“爸爸”是无论如何叫不出口的。“别扭。”他说。确实别扭，这么多年没叫过。叫爸爸也是一种习惯，这习惯从小没培养好，高原还是挺失落的。他鬓边已经灰白一片，原先挺拔的头颅上方呢，也有了油腻的谢顶迹象，现在习惯微微低垂着脑袋，见谁都很谦卑似的。

高原试过各种手段，年轻人喜欢的玩意儿，高档手机、平板、智能自行车、无人机，一样不落地送过来；有时候也送展览会、音乐会、嘉年华的门票；当然，红包更直接一些；胆子大了以后，还提议去旅行——目的很明显，增加和儿子接触的机会。不过高兴多半说没时间，潜台词也很明显，没时间应酬这个叫“爸爸”的生物。遇上特别感兴趣的地方，高兴就和李末影说：“要不，你陪我去？”这样一来，客观上就形成了一家三口的局面。

虽说出去玩，高原单住一间客房，李末影还是觉得哪儿不对劲。到底哪儿不对劲呢？表面上都客客气气，甚至比熟人还生分，但到底曾经是夫妻，现在还是父子，李末影觉得要是换个角色，她是高原现在的妻子，看到自己丈夫和前妻俨然一家人，其乐融融地游山玩水，恐怕也会不舒服。

高原现在的妻子，李末影没见过，也没问过。那女人离她太远了，并不是地理位置上的远，而是心理距离遥遥迢迢的，根本不在一个世界。她已经是前世了，管不着那么多。那女人和高原才是现世夫妻，少不得夫妻之间的情趣。有时候会听到女人打电话查岗，高原捂着手机嗯嗯啊啊的，那遮掩的态度让李末影感到既暧昧又龌龊。他显然不敢跟那个女人直言“前世”的复苏，他身边的她就莫名地变得身份可疑起来，隐约有几分见不得光的味道。她的暴脾气又上来了，嫌恶地跟他说：“你老婆不让你来，你就不要来了，这么偷偷摸摸的有意思吗？”他立刻扮成一只摇尾乞怜的狗，还露出忍辱负重的神情：“你别生气啊，都是我不好，一开始就是我的错，叫你们娘俩儿受了这么多年的委屈。我只希望做出一点补偿，没别的意思。”

他真是一点都没变，李末影直皱眉头，当年那个跪在她面前痛哭流涕的高原还跪在面前，只是换了个苍老得多的姿势，让她不忍心赶他走。就这么着吧，反正他是儿子的爸爸，反正，又不少根毛！李末影自嘲地引用儿子的话来镇静自己逐渐柔软的成见，渐渐地，就忘了憎恨和嗔怨。

七

公司包场，好莱坞大片，李末影给禹蜀徽留了两张电影票。可是打电话给禹蜀徽的时候，她似乎没什么兴趣。李末影觉得奇怪，禹蜀徽蛮喜欢看电影的，是那种宁愿花上好几十块钱买票进电影院的发烧友。按她的话说，“电影不进影院没法看的，又不是买不起票，为什么委屈自己窝在沙发里看下线的片子？”李末影想禹蜀徽可能有别的事，也没深想。接下来是公司年庆，李末影忙得昏天黑地，高兴的家长会都险些没时间参加。她想过打电话给高原，毕竟他也是儿子的家长，结果高兴不愿意，挣脖扯筋地说你没时间去就不要去了，突然冒出来一个连老师都不认识的所谓的家长，有意思吗？李末影只能感慨，基因多么强大，儿子连发脾气都跟自己一模一样。

后来还是禹蜀徽主动约的李末影，她说我要报案。

个把月没见而已，禹蜀徽显得很憔悴。她一向注重保养，看起来比同龄人年轻得多，这会儿不知道为什么有点奋起直追的意思，一直被包藏得很好的衰老开始显山露水了。李末影讶异地看着她，毕竟也是四十岁的女人了，再抗衰，颈纹还是一道道地缠上来，像是收紧包围圈扼住呼吸器官的一条蛇。

现在险些被蛇吻的她深吐一口气，豁出去不再理会那条绕颈的毒蛇，仿佛视死如归地把一份保单推到李末影面前，却掩饰不住力竭似的，困难地压抑着情绪说："江涛住院了，胰腺癌，不过病历和入院单据我都拿不到……"她看了李末影一眼，有一丝哀怨裹在对朋友的信任里，不说，彼此也都明白。空气中有一些细微的振动，像是蜂鸟的嘤咛，把瞬间的空白拉得很长。

李末影看到禹蜀徽眼底的血丝，还有比血丝更让人触目惊心的东西。她抽了口冷气，牙痛似的捂着自己的腮帮子，咕哝说："在……他老婆那？"

这种尴尬的场面似曾相识，李末影觉得自己在冥想的时候蹚过那条迁流的命运之河，一定有过这样荒诞不经的意识碎片。并不是特定地降临在哪一个人身上，而是冥冥中透过无常穿越恒常。她可以守口如瓶，忽略运动条件和变化量，却无法解决动态平衡的终极问题。

不过问题既然已经产生了，李末影和禹蜀徽很快达成共识，由保险公司出面会比较好一点。江涛的老婆，李末影是有过一面之缘的，她也是李末影的客户，也就是说有沟通的基础。李末影替禹蜀徽做了主，索性摊在桌面上谈，保险赔偿一家一半。禹蜀徽目光凌乱地摇着头说："无所谓，我就是想见见他，趁着人还在……"语气那么幽怨，一点不像李末影认识的禹蜀徽。

应该是往医院跑过无数趟，但是始终见不到丈夫。这时候名分的重要性就显现出来了，那个持证上岗的江太太终于霸占了病榻上的一具傀儡。他不能动了，不能说话了，不能表达自由意志了，他终于跑不出她的手掌心了，她笑着流眼泪，一边哭，一边在他耳边说悄悄话：江太太始终只有一个，只有我，我才是你老婆呀。

禹蜀徽有气无力，纤细的手指撑着额头，摇摇欲坠。

"这病凶得很，发现就已经迟了……"也许是有意避开李末影的目光，才能顺畅地吐露出隐藏多年的秘密，她盯着面前的玻璃杯说，"你早就知道了，哦？我和江涛，不是法律意义上的夫妻。其实没什么可避讳的，但也没必要主动去解释。解释起来太麻烦，也未必有人理解。我只是想，羡羡有个爸爸，我有个家，我们又不想去害谁的，这世界总容得下我们吧……"她目光迷离地诉说着，问李末影有没有听说过"复数恋爱"，很多一夫一妻制的国家都有这样的案例，法律不认可也没关系，因为这本来就不是法学的事，是人类学的事。她也是爱上他之后，才读了好多书去说服自己。有段日子确实很辛苦，她要捧着书不断告诉自己，一夫一妻制伴侣会认为伴侣是属于自己的，两个人是所属关系，但复数恋爱不同，因为有多方伴侣的参与，他们更注重怎样和对方维持健康的关系……

“听起来很可笑是不是？”禹蜀徽神经质地抓住李末影的手，“我真的照做了。结果江涛对我有多好，你都看见的……”

禹蜀徽絮絮叨叨说了很多，李末影插不上嘴，对这方面她真没做过研究。禹蜀徽叹道，尽人事，听天命吧。也不知她说的是江涛的病，还是自己的命运。如果对方是“江太太”，李末影还知道怎么劝；现在面对的是“江小三”，她觉得禹蜀徽的悲怆里染着大量的滑稽成分。可是，那么一大块滑稽，情不自禁地掉进悲怆里面，经过长年累月的搅拌、溶解和发酵，现在说不清道不明，更加让人糟心。

江涛已经转到上海的医院去了。为禹蜀徽，李末影跑了一趟上海。

秋天的上海阴冷得没有一丝阳光，头顶着灰色的天，脚踩着灰色的地，李末影觉得心情很沉重，走到医院门口的时候，还在斟酌着怎么开口。包里随身带着江涛的重疾险保单，也不知道有没有机会把它掏出来。找到病房，李末影先是彬彬有礼地敲门，然后欠身从门后探出半个头，笑眯眯地招呼一声，江太太。弯腰在门口放下一个精致的果篮。

那个叫小雅的女人，乍见到李末影，有些讶异，大概半年前那次在咖啡馆短暂的会面并没有给她留下什么印象。江涛状态极差，黄疸和腹水都比较严重，病房里还有两三个陪护的亲戚，不知道是江家的，还是小雅娘家的。李末影寒暄几句，无非说些保重之类的话。江涛望着她，翕张着嘴唇，只能发出啊啊的声音。每一声啊都抽着冷子，也许是痛，也许是等着什么消息，李末影觉得这种情况下说什么都尴尬。她朝他点点头，说你放心。然后转身找小雅，建议江太太去楼下的小花园坐坐。

小雅被李末影引出病房，脸上挂着一个病人家属的愁容。李末影买了两杯咖啡，塞了一杯给小雅。热咖啡触碰到冰凉的手指，小雅一个激灵。李末影尽量把话说得圆转些，饶是如此，小雅的脸色还是阴下来。光是听到另一个女人的名字，也让她这个江太太感到难堪吧。

她的脸阴得比天气还怕人，不耐烦地挥挥手说："到现在这个地步，钱又有什么用？"

李末影赶紧说："有钱总比没钱管用，况且说句不好听的，若真是这样了，你们孤儿寡妇的，用钱的日子还在后头。"

小雅望了李末影一眼，吐出这样一句话："他的保单在她那儿，就是没想过留给我们娘俩儿。"她的态度淡淡的，既不特别愤恨，也不特别幽怨。

"这份保险本来就是禹蜀徽替他买的，江涛那时候还不大愿意呢。"李末影也知道解释得很牵强，有时候就这么奇怪，明明是事实，说出来却好像不大可信。

"那时候他听她的，现在得听我的。"小雅冷冷地说。

李末影干笑几声，把话接过来："是，我两头都不帮，这保险是我卖给江总的，我就要对江总负责，按章办事。那边找到我，说是愿意一家一半，江太太又何必跟钱过不去呢？"

小雅冷笑："是啊，何必跟钱过不去呢？因为本来就不是钱的事呀。"

李末影只能硬着头皮往下谈。"其中的过节儿，我真不清楚，想必也不是一天两天的事情。"她叹口气，推心置腹地说，"你忍了这么久，难道是等他没了的这天？不可能。你一定是想，他有一天回心转意，或者，那个女人自己玩不下去了，你还是江太太，还是一家人整整齐齐的。如果想要鱼死网破，早就不等了，你说是不是？”

小雅的嘴唇抖起来，怕冷似的，李末影接着说：“你才是江涛的老婆，明摆着的，她也知道，争什么呢？活着的时候都争不过，难道争死人？不过是尽尽人道，她想带女儿来见亲生父亲一面，从今往后，好重新过日子。”

小雅的脸色没那么难看了，李末影赶紧趁热打铁：“你当是善终服务也好，当是给自己的儿子积德也好，就让他们父女见最后一面，江涛也念你的情。这么多年，江涛都觉得亏欠着你，我们不要让他到头来抱着遗憾，觉得是亏欠了那一边。你呢，倒是白白浪费这么多年，苦了自己。”

小雅的泪光泛出来，心里翻江倒海，李末影抓住她的手，重重一握，颇为动情地说：“凭什么？你心里一定问了好多遍，凭什么！我告诉你，就凭你嫁了这么一个男人，你自己选的，哪有什么后路可退。那么又凭什么便宜了那边呢？人，她分了一半；钱，不应该也有你一半吗？”

握着的手好长时间没分开，小雅抓紧了李末影，见到亲人似的，号啕大哭起来。李末影也很感慨，觉得握住了另一个自己。如果当年她也选择了忍耐，是不是就是这样的结局呢？医院的小花园里，有三三两两散步的人，往这头看了两眼，又继续散他们的步去了。其实没人在意你的悲伤的，你旁若无人地在大庭广众前痛哭一场，或者长年累月地躲在无人的角落里暗自饮泣，对于奔流的生活都一样那么无伤大雅。

李末影买的两杯热咖啡，已经在微凉的空气里冷了下来，两人都没怎么动。

八

高原打电话来，知道李末影正好在上海，就要请她吃饭。李末影说没这个必要，你跑一趟，跟我坐动车回去的时间差不多。高原说那还是不一样的，我一会儿就到，正好把新买的笔记本带给高兴。李末影说他要你买什么笔记本？家里笔记本一大堆！高原支吾说，是，我这不一样。李末影笑骂，你怎么就不一样了？高原嘿嘿笑，你等我啊，马上就到。

见了面，李末影才知道高原送的笔记本果然不一样。他买了一台最新款的苹果笔记本电脑给高兴，说是上次高兴跟他说的。

“我怎么不知道？”李末影声调立马提高了。

“就是，他怕你知道了不给买。”高原搔着后脑勺，局促地并拢了双腿，简直像是面见教导主任。

“那还买？”李末影又好气又好笑。

“呃，”高原抱着侥幸心理说，“兴许你心情好呢。”

李末影板下脸，接着把目光从高原的脸上摘下来，斜三十度角投在那台尴尬的笔记本上，用鼻孔说了这么一句话：

“我今天心情特别不好。”

高原愣在那里，手脚没处放的样子。李末影觉得窝火，儿子越长越像高原，这种偷偷摸摸私底下干勾当的脾气和做派！一想到是自己铁娘子的性格使他们成了同谋，又不觉生自己的气。劝别人都一套一套的，那是因为没有切肤之痛。换作是自己，这么一件小事，竟然也让人气息不顺，没法儿好好地吃一顿饭。尤其是那道餐厅里的招牌梳乎厘，明明是刚出炉的，她才说了两句话，饱满圆鼓的表面就塌陷了，风味也大为逊色。

那台苹果笔记本，李末影到底没给高兴带回去，她跟高原说我心情不好，可能最近心情都不会好，你想给高兴，等过年吧。正好红包不用给了。

这事就这么过去了，李末影没跟儿子提笔记本的事，知道提了也没意思。儿子已经到了把教育当教训的年龄，况且李末影也吃不准，儿子跟老子要一台笔记本电脑，这事用不用得着做妈的去教育或者教训他？她忽然觉得自己很可笑，她在担心什么呢？父子俩避开她的视线，在私底下有了交往，让她这个做母亲的感觉到不安吗？好吧，最坏的打算，高原真把儿子抢走了，就像这些年，她把儿子从高原身边抢走一样，那又怎么样呢？放个儿子在身边，其实和存笔钱在身边差不多，你不能指望他（它）因为是你名下的，就一定是你的，他（它）来来去去，从来也没有属于你，最多是他（它）在身边的时候，你心里欢喜，安定，这就够了。这些年做保险，她反倒觉得什么都不保险，看得远，不如看得开。

可惜老高家看不开。

高家的老头老太太重男轻女是历史悠久的，当年高原的姐姐，也就是李末影的前大姑子，就为这事抱不平。离婚的时候全家人都痛得不行，唯独李末影觉得大姑子其实是有点幸灾乐祸的。当然，嘴里也说有家有口不好离婚的，你们谁的面子不看也要看孩子的面呀。实则并没有往心里去。她自己是女儿，嫁了人又生个女儿，带女儿回娘家，从来是无可无不可的地位，因此李末影把儿子带出高家，她只是口不对心地说两句闲话，也就不与她相干了。

高原再婚后两胎都是女儿，高兴自然成了高家的宝贝。依着李末影对高家人的判断，他们登门示好都是意料之中。逢年过节李末影带儿子回老家，偶尔也能遇上前大姑子，客客气气的，不咸不淡的几句话，都是绕着高兴走。大面儿上自然是找不出错的，不过把前大姑子的话掰开了细细揣摩，其实是——你辛辛苦苦养个孩子，何必便宜高家？李末影心里就想笑，觉得前大姑子果然不像姓高的。

等翻到年根儿，李末影带高兴回老家过年，高原也回来了。好像是一个人回来的，老婆和女儿都还留在上海。可能除夕夜过得也不舒坦，高家两位老人都挂着脸子，编派媳妇的不是，让高原有点左右为难。年里头两家约着吃饭，磨不开面子，李末影只好带高兴去赴宴。这场算是家宴，老头老太太端坐中央，一边是前大姑子和丈夫、女儿，一边高原留了位给李末影和高兴，俨然一大家子整整齐齐，三代同堂的局面。老人家这时候脸上才有了笑色，说这才是一家人。李末影觉得挺不舒服的，高兴也是一副坐不住的样子，草草吃了几口，就躲在一边玩手机。前大姑子脸上的笑有点奇怪，仿佛扣着一张面具，看什么都有洞穿世相的精明和抽离。

吃完饭，高原要送李末影和高兴回家。李末影随口说，这又不是在大城市，几尺巷子，不远的，就不送了吧。高家人执意要送，也就罢了。高原帮着提了给李家的回礼，三匣六盒的，倒比李末影来时带的东西还多得多。李末影刚要摆手拦下，高家老头老太太便一左一右按住她的胳膊劝说，这是礼数，也是心意，总归不是给你的，这大年下的，难道叫高原空手去老李家？李末影心说，老李家可没想让高原登门呢，只是两只膀子都被架住了，又拉又扯地送到门口。高兴在一边百无聊赖地等着，一脸厌烦的表情，潜台词是，还走不走了？李末影也觉得无奈，硬是不收，恐怕一时都走不掉，只好随了高原，以及高家大包小包的礼物。

俗话说伸手不打笑脸人，这两年，高原不断到省城"公关"，和儿子拉关系；在抬头不见低头见的小县城里，高家和李家自然也是有来往的。高原送礼去李家，倒也不显得突兀。站在门槛外面，李末影的母亲还招呼，进来坐啊。高原告罪说太晚了，改天再来拜访老太太。李末影心里"嘁"一声，扭头进屋。

在家里，李末影母亲也改了口风，提起高原，早没了往日的咬牙切齿，还劝李末影和高家多往来，说高兴毕竟是高家的孙子哩。

"您怎么不说他是混蛋了？"李末影拿话噎自己的妈。刚离婚那几年，老太太在省城帮衬着带孩子，说了不少狠话，这会儿立场好像不那么坚定了。

"老皇历了，说那话。"老太太拍着大腿喊冤，"再说都是你自己的事。"言下之意，你肯去老高家有说有笑地吃饭，又让人大包小包地送回来，那可不是因为老李家的撺掇。

一个年过得滋味挺复杂，李末影决定还是早点回省城。高原又不知从哪打听到消息，说他正好也要回上海呢，顺道送他们。李末影说你回你的，我自己开车，要你送什么！高原就说他车上还有东西，本来就是要送到省城给她娘俩儿的，再说跑高速，两辆车也好有个照应。李末影说你可够奇怪的，有什么直接给我不就完了？跑那么一趟，折进去一百多公里呢。高原吭吭哧哧地不说话，隔一会儿说，我跟着你车，你当我不存在好了。

结果两张车就一前一后地上了高速。高兴坐在李末影车上，插着耳机，摇头晃脑地，看一眼后视镜，嘴里咕咕哝哝地说："妈，他追你呢。"

"什么？"李末影莫名其妙，"我开得不快呀。"

"我说，他追你呢。"儿子一脸坏笑。

九

正月十五，禹蜀徽打电话来说，江涛没了。李末影一惊，捧着电话，半天才说，出来吃甜品啊。

还是满记甜品。这时候吃甜品可能是最好的选择，能增加点安多芬也是好的。

这年头什么节日人都往外跑，到处人满为患，满记甜品这样的小铺子也得等座。拿了号码，016，数字还蛮吉利的。李末影拍拍禹蜀徽的手背，两人就并排坐在门外的长条凳上，看着熙熙攘攘的人流，对着空气说话。

商场里人来人往的，一派节日的气氛，中庭挂了各色花灯，还有现场做元宵的，摆了奇奇怪怪的装饰台，煮的，尝的，笑的，闹的，挤挤挨挨，叫人好不感慨这人间春色。禹蜀徽做梦似的说："真好。"

李末影望望那喧闹的人群，心疼地说："你和羡羡还好吧？"

"还好。"禹蜀徽眼睛盯着花台当中给孩子们派发气球的小丑，声音隔着一层纱雾，“时间还长着呢，我们总要好好的。”

这话，本来是李末影打算劝禹蜀徽的，现在她自己说出来，倒让李末影好一阵唏嘘。看来禹蜀徽没有外表那么弱不禁风，李末影不禁有些惭愧，和大多数人一样，她还以为这个一直被生活娇惯的女人多少被宠出了些公主病，遇到大风大浪，未必能稳得住人生之舵呢。

“我早就想过了，人无千日好，花无百日红，像我们这样的，能做十年的夫妻，算是缘分不浅了。”竟然云淡风轻，穿过前尘旧事安然自若的模样。一绺发跑到额前，禹蜀徽伸出玉葱般的手指掠到耳后，无名指上的钻石婚戒发出耀眼的光芒。一时李末影竟有些恍惚。

前台叫到016号，两人携手进去，点了双皮奶和杨枝甘露，都不是很甜的东西。李末影问要不要再点一份生磨芝麻糊，禹蜀徽说不用了，现在她自己在家里做芝麻糊，想什么时候吃就什么时候吃。“出来不过是换换口味。”禹蜀徽轻笑一声。李末影想这几个月也是够折磨人的，江涛终于撒手人寰，可能对大家都是一种解脱。啜着杨枝甘露，酸酸甜甜的味道勾兑出滋味复杂的味蕾，李末影恍惚觉得两个江太太变成了一个人。小雅，或者禹蜀徽，都不存在了，她们渐渐模糊在不确定的身份后面，像是两道忽长忽短的影子。满大街都是这样的女人，就像满大街都是这样毫无特色的路灯，照下来，就有或短或长的影子。谁在乎呢，走过来，或者走过去的人，有时踩着影子，有时被影子踩在地上，连他们自己都不知道，那影子就是他们自己。

禹蜀徽对李末影说：“从现在开始，我要向你好好学习。”

“学什么？”李末影惊讶地问。

“学……一个人把孩子养大。”每个字都幽幽的，即使在那么闹哄哄的氛围里，还是让人觉得苍凉。

李末影疼惜地望着禹蜀徽，远远近近地，似乎烟雨蒙蒙。李末影叹气说：“你还年轻呢，不是劝我往前走吗？怎么自己倒停下来了。”

禹蜀徽睒睒眼：“劝别人和劝自己总归是不一样嘛，你懂的。起码，现在我还不打算让一个陌生人介入我和羡羡的生活。”

正说着高原打电话过来，问候李末影和儿子元宵节好。李末影说儿子没和她一块儿，高原就很紧张地问，你一个人出去了？李末影刚说和朋友在一起，立马引来“什么朋友”之类的追问。李末影烦他，说你谁啊，管得着吗？高原这才闭了嘴。

挂了电话，禹蜀徽看着她笑。李末影说你笑什么。笑可笑的事呀。禹蜀徽歪着头，努努嘴。确实可笑，李末影也低头笑起来，嗤嗤地说搞得好像那么回事。那就坦白从宽吧。

接下来李末影交代了高原对她路人皆知的司马昭之心，说过年回来高原一直开车跟到家里，原来，后备厢里装了九百九十九朵玫瑰。

“打算重修旧好哇？”

“想得美。”

“好歹是高兴的亲爹。”

“他们一家都打错算盘了。”

“是别扭，好马不吃回头草，况且那头还挂着呢。”

破镜重圆，李末影不是没想过，可是，光想想就觉得够膈应的，还怎么接受高原？现在的情况，和先前是完全颠倒了个儿，李末影觉得特别可笑的是，不管她接受还是不接受，上海那个高太太，肯定已经把她定性为插足别人家庭的小三儿了。高先生和高太太正在闹离婚，两个女儿是挺大号的筹码，把高先生搞得焦头烂额。今时不同往日了，高先生没想到离婚这么抽筋扒皮。若是李末影接受他，他觉得付出还是值得的。可李末影直接把他和他的花都关在门外了。于是离婚一事就显得更加胶着，下不了决心，怕赔了夫人又折兵。一个职业商人的精明反倒把他的精力都耗尽了。李末影看到这位染了头发也压不住两鬓斑白的高先生，只觉得可怜。

关于人生，差不多所有宏阔的话题都在婚姻这件事上蹉跎了，光是在这城里城外地瞎转悠，已经消磨了大半的年华，何必委屈自己把后半辈子也搭进去呢？不过，李末影想，倒回去，回到那大好的年华，多半还是要结婚的，一是尊重这种中国人的传统文化，不结婚好像不大像话；二是不相信自己那么背运，遇不上一个良人，结不下一段好姻缘；三呢，也是最实际的一条，各方面的条件都成熟，力的方向和强度也恰到好处，为了维持不断增长的年龄的动态平衡，就得成个家，以降低生活成本，或者，从某种意义上来说，也是生命的成本。可惜，这种平衡状态只是生活中的理想状态罢了，一种平衡被打破，然后朝着另一种平衡发展，直至新的平衡形成，再次被打破，如此循环往复，才是生活的本然状态。

禹蜀徽摇头说："既然你都看得那么通透了，接受高原又如何呢？反正一面破镜子，大不了破了再圆，圆了再破，还能破到哪儿去？"

李末影看着人来人往的热闹和热闹背后那看不见的人与人之间

的隔膜，静静地说："万一破碎成粉末呢？风一吹，就没了。现在起码还有个念想。"

"也对，"禹蜀徽一甩头发，"我就喜欢你说什么都有理的样子。还记得当年刚认识你的时候，我问你为什么叫李末影，好奇怪的名字。你说，一点也不奇怪，离了婚才改的名字，因为，影子的尽头就是光。"

商场里迎来送往的，到处是摩肩接踵的人群，像是最后的狂欢，又像是开幕的盛会，过了正月十五，这一年按部就班的工作算是正式开始了，当然，也包括恋爱、结婚、平衡家庭，这样波澜起伏的人生的工作。

猪幸福

几个人蹲在地上，围成一个不规则的圈，劣质的烟草味道不断从头顶窜出来，狼奔豕突。

一阵风来，烟逃得像在旷地里舞蹈，跳出一种袅娜而奔放的姿态，先是缭绕着挑高数米，然后一哄而散。风烟尽头，差不多一百岁的老槐树撑开翠绿冠盖，九尺长臂把一切都遮住了，连树下几个人的脸色都衬得绿荧荧的。这是近处才发现的细节，若是远远地，便只看到一棵树。况且这山里的树也太多了，再拉远些，就连合抱的老槐树也看不到了。于是这次密谋就青天白日地落在巨大山体的绿色褶皱里，几乎不着痕迹。

要找树下这几位，是够费劲的，背靠大树好乘凉，加上由近及远地与身后山脊连成一片，青色叠着黛色，背景和前景摞在一起，结果么，自然是郁郁苍苍，然后，就变成了苍苍茫茫。这大山里什么都显得苍茫，太阳出来，苍茫得晃眼；太阳下山后，又苍茫得盲目。他们看惯了山的眼里又岂止是苍茫，简直是空，是没有——山叠着山，山摞着山，纠缠，蔓延，覆盖，一眼可望得到头？最后么，无论哪个方向的眺望，总归是变得短视。这是没得商量的，厚厚的屏障一样的东西，既没有形状也没有颜色、气味——偏偏这几样没有的东西揉在一起，就成了国家级贫困县的深度贫困村，叫扶贫干部抓耳挠腮，有时候气得心肝脾肺肾都错了位。

这里的地倒是不瘦，种什么得什么。

先前，方圆九百六十万公里闹饥荒的时候，外头没得吃，进山倒能混个肚圆。随便挖点什么，或是捋一把花花草草，再就是漫不经心地抓些活物，调剂着吃，轮换着吃，总归是饿不着。这也就把人养得心宽，很少犯愁。山上又不缺石头，就有人一块一块地凿出来，雕成佛的样子，供在家里，地里，林子里。不知什么时候，四处散落的石佛为这自然形成的村落赢得了名声。都知道石佛村的佛像好，尤其是弥勒佛，肚大，腰圆，面善，心慈。佛和山一样，是人的保护神。

那些年，若是遇上好年景，人也舍得在地里花力气。他们把汗水一滴一滴收集起来，再一股脑慷慨地流到地里。流淌之后，便能浇灌出五谷。绿油油的，或是金灿灿的，比漫山遍野的映山红还要醒目些。那时候的人也都跟土里的庄稼似的，土里土气，实实在在。若是从地里刨出土豆，就会抱着土豆笑成圆滚滚的一团；若是从土里种出玉米，就会抱着玉米笑出颗粒饱满的眼泪。

但那都是好多年前的事了。

再往后就不行啦，无论是人工雕琢的佛还是天工雕琢的山，只能眼睁睁地看着，年轻力壮的人都不肯留在地里干活，地么，也就渐渐老了，荒了，和人一样，见钱眼开，喜欢经济作物。倒是一些有钱的老板跑进山，把地养得花里胡哨的，种啥的都有，只是不种粮食。这一来皆大欢喜，人和地都解放了。

解放了的人，多半不在自家地上，但也有例外，比如这几位，晓得山外的钱也不好挣，莫如自家地头上自在。眼下这几位蹲成一只桶，头抵着头，绝不让肥水外流的架势。

“这主意不赖，左右能多出好几百哩。”老癫子同意，反正他抽了几十年的风，就连新来的书记也是知道他这号的，大不了躺在地上口吐白沫，到时候谁能奈何他？

“你奶奶的，顾头不顾腚。”长锁往地上啐一口，接着眯起眼，仰头，像匹老骡马样打个响鼻，“那个啥黑毛猪董事长么，自然是不怕的，老余呢？”

一年前到村里蹲点扶贫的那位胖胖的第一书记姓余，听说是县上公安局的副政委，老话说“生不入公门，死不入地狱”，老余头上的帽子不大不小，但因为有枚沉甸甸的国徽压着，招惹他总是不大妙。

“怕他个屁咪！”玻璃花瞪着一只眼，另一只眼也瞪着，不过是假珠子，两只眼对不上焦，“县公安局能有地方关你？”

也是么，屁大的事情。

于是就定下来，几家的猪都交给玻璃花，要是有人来检查，也由玻璃花出面周旋。这几位里，自然是他灵光些，先前上山炸石头，把一颗好好的眼珠子炸没了，倒不影响他思维的“先进性”——这也是他颇得意的地方——是他首先抓住石佛村的新时代发展方向，把祖上传下的雕佛的手艺拿来雕财神。因为财神卖得俏，让他很是风光了一阵，不过家里乱七八糟的花销也是够大的，因此并没有真正富起来。

几家都是建档立卡户，领猪崽子的时候就说好的，吃啥，圈哪儿，在谁家的山头放养，怎么配合防疫检验，合同里写得明明白白，只不过这几位都不大识字，签的时候也没细看。“不用看的，都是格式合同。”那位长得像唐僧一样细皮白肉的董事长，也不知姓甚名谁，当时是这样给他们说的，“我们公司，”他推推鼻梁上的金丝眼镜，指着白纸黑字的“甲方”一栏，“在县委县政府都签了军令状，是县里的‘十大扶贫企业’之一。”

“乙方”可不关心这个，他们更关心收购价。数字自然是识得的，装模作样地瞅一眼，嚯，三十六块半，比市场价还高出一大截子呢。于是大笔一挥，签上大名。这事成不成都没啥损失，反正老余说了，就是有损失也算在他头上，否则他这个扶贫队长没脸见人哩！

老余肯定是要脸的人，不过眼下猪要出栏了，收购价噌噌往上涨，再按原来的合同价出手，咋也不上算。养猪本来就是为了脱贫致富么，当然是给的钱多才谈得上富哇。

有毛病没有？

是这个理呀！

这几位都是十分明理的人，于是圪蹴在老槐树下商量了老半天。商量的结果是，致富第一。长锁站起来，捶捶老腰，望着山下吐一口气：“奶奶的，大不了再买头猪！”他油然而生的底气是因为玻璃花说山下的猪便宜得多，这种偷梁换柱的事情从来就屡禁不止。城里人嘴刁，吃猪肉要分山上山下的，他们可不管那么多，都是猪么，还能吃出天鹅肉的味道？

长锁看见山下的盘山公路羊肠一样扼住山的脖子，远远地，一道一道缠上来，绕到近处，反倒看不见了。这让他生出一种奇异的安全感。进山不容易，进石佛村就更难，他还记得签合同那天，“甲方”带了一支扛着红旗的队伍过来（说是党建还是团建？），由老余领着，在村里上上下下走了一遭。真是上上下下——石佛村依山而建，从村头到村尾，海拔相差几百米，坡陡弯急，步步惊心。有个长得挺好看的姑娘，本来是扛着旗子打头阵的，没走几步腿就软了，只好倚着身后的峭壁，脸色苍白地坐在半道上。长长的队伍尾巴甩出去，折了个漂亮的S形。“哎，怎么不走了？”后面的喊前面的。压阵的董事长一抬头，正好看到迎风招展的红旗上，“Z县黑毛猪食品开发有限公司”十几个金色大字飘忽不定，别有风情，于是歪头对随行的摄影师说，这个角度还是不错的。

咔嚓。咔嚓。咔嚓。

那天“甲方”拍了不少照片，这组摄影确实在审美形式上高出一个海拔。据说董事长后来一锤定音，在所有平面广告和公司画册的首页都印上了这张构图和意境都非同凡响的大片。一方面是宣传企业的文化，所谓人文之美；另一方面也是宣传企业的黑毛猪——统统来自海拔超过千米的高寒山区，肉质之美，可想而知。当然这些都不是陪在左右的老余所关心的。老余忙着介绍石佛村的山地投影面积和平均海拔，贫困人口有多少，适合养猪的有多少，能保证的黑毛猪供应量能达到多少……他肥胖而灵活的身躯上蹿下跳，让一队年轻人都惊讶不已，关键是他脚下不停，嘴上也不停，嘚吧嘚吧说个没完没了，这得是多好的身体素质呀。“甲方”董事长频频点头，当场签了一批又贫困又适合养猪的“乙方”。

长锁他们几家，都是那批成为“乙方”的贫困户——各有各的贫困，这就不说了，单说他们几家相同的地方：都缺钱。这几家住得离村部也远，老余不可能三天两头往山上跑。据说老余这阵子忙得脚不沾地，正联系“1+3”的事，也可能忘了黑毛猪。长锁之所以觉得玻璃花组团转卖黑毛猪的计划没有大毛病，跟这个也有关系。

原先，石佛村上上下下有二十来个自然村，住的地方么，也是七上八下。长锁讨媳妇那年，就是依着地势切坡建的房。和村里大多数人家的房一样，从外面看，是土坯房，进去一瞅，好家伙，一整面墙都是沧桑的岩石，跟进到历史悠久的地质博物馆似的。夏天下大雨，或是冬天下大雪，人都有可能埋在里面出不来——但因为考虑到建房的成本问题，历来也都这样凑合着。在长锁他们看来，比塌方更讨厌的是，没房子可塌。比如长锁的媳妇，嫁进来的时候就说得很明白：“俺不图你啥，好歹有个栖身的地方吧。”这样一栖也栖了几十年，长锁和那面时不时往外渗水的花岗岩还有了感情哩。

不过到了老余来村里的时候，因为要搞“责任上墙”——把扶贫工作队的责任制度挂在墙上——长锁他们家，以及像长锁他们家这样的老屋里的岩石墙壁，让老余十分膈应。责任墙上写得很清楚嘛：“一过线（收入过线）”“两不愁（吃、穿不愁）”“三保障（住房安全、基本医疗、义务教育有保障）”，村里人多少年还住着这样的房子，让他老余这个扶贫队长咋交代嘛！

于是有了量身定制的“1+3”惠民住房改善计划——大概是为了方便长锁这样不爱动脑子也动不了脑子的庄户人记忆，老余把石佛村的村庄规划精简成了数字编码，也就是一个中心村庄加上三个自然村庄，把所有分散凌乱、住房安全性差、交通管理不便的村民集中在四个安置点上。这一来，老余忙得昏天黑地，黑毛猪的事么，就成了“黑地”里的一个小小的黑点儿，反倒看不见啦。长锁兴兴头头地回家和媳妇一合计，觉得这事能成。

媳妇是好媳妇，听长锁啪啪算账，也不多话，末了点点头：“俺晓得了。”起身去烧锅。往厨屋走的时候，纤薄的身板微微侧了侧，轻轻丢下一句：“其实，多那几百，也发不了财。”长锁眉头皱起来，刚想说什么，媳妇抬脚出去了，背影轻飘飘的。

听到隔壁轻轻的叹息声，长锁心里老不得劲。

这事弄的。

呆坐一会儿，长锁想起黑毛猪董事长来他家的时候，媳妇欢喜的样子。

那天老余陪着黑毛猪董事长，欠身哈腰地往屋里引，一边提醒脚下当心，一边介绍长锁家的困难。媳妇挓挲着手，抻着脖子往这边看。家里一来人，她就往边上趔，除了端茶送水，没有多余的话。但是那天她看到黑毛猪董事长，眼里竟放出光来，殷勤而又不大合时宜地问道：“你看着怪年轻呀，多大咧？”黑毛猪董事长双手接过媳妇送上来的茶，白净的脸上浮起一个略略诧异的笑容：“嗯，大妈，我三十了。”“属大龙的？”“差不多。”

媳妇笑眯眯的，一会儿工夫，进来添了好几回茶。长锁都有点不好意思了，又不是什么好茶么，一壶陈底子茶沫子，意思意思得了。

长锁明白媳妇心里想的啥。

黑毛猪董事长斯斯文文的样子，可不像从山里出去的，一看就是大城市的派头。但老余介绍说，人家是地地道道的Z县人，老家就在石佛村隔个山头的燕子河。县里提倡返乡创业么，十八岁就出门远行的黑毛猪董事长，如今衣锦还乡。

媳妇就感叹，到底要出门呀，娃娃大了，到底要出门才有出息。

可是，想想，坐在背静处的媳妇又默默地流出眼泪来。

他们家的小俊要是还活着，也是这样白白净净、斯斯文文、举手投足一副大城市的派头吧？媳妇盯着儿子的遗像，红红的眼圈瞬间被漫无边际的悲戚灼伤了。

长锁还记得自己送儿子出门的那个清早，沉默的山林还没有从微茫的晨曦中醒来，媳妇就早早煮了鸡蛋和玉米，熘了包子和馍馍，端放在家里那张积了多少年油烟又被胳膊、袖子、抹布和各种老物件摩擦得闪闪发亮的饭桌上。“吃饱了有力气呀，”媳妇催他们，“吃饱了不想家哩。”仿佛，从此这个灰扑扑、乌糟糟的家，便有了崭新而光明的期待。

沾染着露水的清晨在他们父子脚下一步步走得亮堂起来，林子里鸟语啁啾，初升的太阳也被鸟喙活泼地轻啄出斑点似的，影影绰绰地在林间投下斑驳的光影。目送儿子年轻的脚步渐行渐远，长锁心中充满了对陌生远方的敬畏和憧憬。这条出山的路，长锁本人走了很多回，但从没能走得这样远过——儿子即将远赴的那座繁华锦绣的海滨城市，不仅是个遥远的地理坐标，更是个迢邈的心理坐标，一辈子在大山腹地来回逡巡的长锁并没有太多的资源帮助儿子孵化未来，送儿子出山，也许是这个父亲所仅能做到的。

长锁和媳妇都有理由相信，儿子会像那些从Z县走出去的不服输的年轻人一样，在一个更为广阔的人生舞台上闯下一片天地，而这个家所需要的，只是时间。

时间一分一秒地过去，然后是一天，一月，一年，接下来是更大的时间跨度。时间对于所有人都一视同仁，既不特别慷慨，也不特别吝啬，均匀地分布在人生的每一个脚印上。儿子走得踏实，这个从大山里走到大海边的年轻人有一股子平地上的人没有的拼劲儿哩。儿子的勤奋让他不断给家里捎来好消息——找到工作了，转正了，加薪了，升职了，有女朋友了，开始攒钱买房了……长锁和媳妇都认为从山里走出去的儿子最终会在海边建造出一座属于自己的堂皇的城堡，他会做那座城里真正的主人，然后把自己奋斗的故事讲给他的孩子们听，一代又一代，彻底净化血液里土腥的气味。这简直是他们夫妻俩最宏大的心愿。或许儿子会把他们接到海边去，即使不接他们过去也不打紧，像每一双巴心巴肺的父母一样，他们只要远远地看着他就好。

不过，这正蓬勃生长的一切，最终被吊诡的命运拦腰截断。

七年前，因为一场车祸，儿子的生命突兀地停留在二十三岁，并没有更多的时间留给他和“未来”一起拼搏和奋斗。长锁夫妇也没能看到儿子海边的城堡，甚至，领回儿子的骨灰，连他们在山里仅存的那所老房子也坍塌了，只剩下暴雨肆虐后的一堆废墟——幸好，塌方的时候人不在家。

长锁和媳妇坐在废墟上抱头痛哭了一场，怀里，儿子的骨灰盒冰凉冰凉的。

后来的房子还是建在这面坡上。一是没钱。断瓦残垣里扒拉扒拉，能用的还能派上用场，比重新找地方拉架式省下不少。再就是，媳妇也不愿意往别处搬。媳妇的心思浅得很，一眼就能看出来，她恋着这个地方哩。长锁想想也是，或许，再没有那么大的雨了。他们结婚这么多年，房子住了这么多年，这是头一次，也是最后一次吧——冥冥中，好像是，儿子用他年轻的性命换了他们老两口子的命呀！

媳妇抱着儿子的骨灰盒不撒手，眼泪一颗一颗往下掉，长锁都怀疑那单薄的盒子经不住这样滴水穿石的眼泪，迟早会砸出坑来。就劝，劝媳妇放下来，放下来才好过日子。可得到的话是："俺肚子里掉下的肉，没了，哪还有什么好日子？"

这些年，总归是过得没滋没味，也不独独是因为缺钱。

长锁捶捶僵直的腰，从吱吱呀呀的竹椅上慢慢站起来。墙上，儿子遗像旁边的一挂旧钟发出轻微的嘀嗒声，嘀嗒嘀嗒，那是时间蹑手蹑脚走过去的声音，好像媳妇的眼泪落下来刮在背景板上的白噪音。他摇摇头，心里跟自己较劲，奶奶的，老子一辈子吃的亏还少哇，这点便宜有啥可贪图的？像是说服自己，又像是说服命运——他壮年时跟人进山采灵芝，从崖头上摔下来过，该死的腰痛跟了他一辈子，还不是因为听说野生灵芝能卖出高价来！

走到厨屋，长锁发现媳妇并没有在那里。倒是屋后的猪圈那边，传来媳妇啰啰啰的声音。"你呀，长得这样好，不是俺夸口，算得上猪里头的美男子哩，呵呵，你吃得慢些么，又没有旁的猪跟你抢……"媳妇和黑毛猪说话，"这就要牵走啦，倒怪舍不得哩。不说别的，喂你，俺是花了养儿的心思呀……"絮絮叨叨的，像是对面有个听得懂人话的猪。

猪哼哼，埋头吃得欢实。也许听懂了。一对蒲扇耳朵支棱着前后摇，倒是不耽误吃。吃着，听着；听着，吃着。哼哼。看来是懂了。懂了更要埋头吃，不然还能咋办？媳妇啧啧嘴，拍手进屋，扭头见到长锁，吓了一跳，捂着心口说："你悄没声儿地站俺后面做什么？"长锁嘿嘿笑一声："你先喂的它，俺还没吃呢。""这就做。"媳妇低头进屋，猪在身后哼哼。

媳妇有高血压，常年吃着药，虽说她一贯的好脾气，长锁倒也不敢惹她生气。跟在媳妇后面进屋，长锁嘀咕："要不，算了吧……俺先也是不同意的，你知道玻璃花那人么，就剩一只眼珠子，倒比两只眼的转得快。他说山下联系好了的，不从村部那条路走，神不知鬼不觉……"媳妇忙她的，也不正眼看长锁："俺不管人家，兴许人家就缺那几百哩。"转个身，从缸里舀瓢水，"刺啦"倒进锅里，"俺只说俺们家，有这几百和没这几百，是吃得好些，还是喝得好些？"砧板上刀子"噔噔"响，媳妇板着脸，"关键是心里不得过呀，人家问起来，这好说不好听的。"撩起围裙擦擦手，媳妇到底回转身子，抬起眼皮看了长锁一眼，"还有就是，让余书记作难。"

长锁点头"哎"一声，把锅铲子递给媳妇："俺也是这样说，余书记是好书记么，一心一意为俺们拉项目，为个黑毛猪，上上下下跑得腿都细了一截子。把他撂到凼里，不合适呀。"

"不合适你还跟他们瞎起哄。"

"你看么，住这一抹边的几家子，都同意了，俺孤一个儿说不做这事，可遭人恨？"

媳妇想想，锅铲子在手里掂了几掂，终还是说："人家做人家的。"背转身，又在灶前忙起来，"俺们无儿无女，光屁股蛋子，要钱做什么。"是这话，长锁反驳不得。

过些时日黑毛猪验收，那几家果然被老余骂得抬不起头。

也不是骂，老余在部队上就是做政治工作的，转业回来还是做政委，搞批评教育熟门熟路，自成一套。先是把玻璃花叫到村部，让他把当掮客的佣金吐出来：“猪是大家的，你凭啥一斤肉多挣一块五？你这不是带头致富，你这是割乡亲的肉哇。”玻璃花还嘴硬：“俺算是劳动所得吧，这前前后后跑上跑下的，俺容易吗？国营厂还吃回扣哩。”老余啪一拍桌子：“你有理，可有脸当着乡亲们的面把这点猫腻端出来说？老癞子是你亲家不？他的肉你也敢割？回头叫你儿子把他老岳父拉你屋里，就躺你铺上，一天抽三回羊角风看看。”

老癞子当然也不情愿把装到兜里的钱掏出来，但玻璃花回过头来做他的工作：“算俺多事，你看这事弄的，里外里二斗米，不过你也不吃亏，差价总归是赚到手了。”玻璃花指着黑毛猪合同给老癞子“普法”，说老癞子不会写字，签合同的时候摁的是手印，这就更麻烦些。你想哇，老古书里那些下大狱的，可不让你签啥名呀，血呼啦地摁个手印，这就去吧。可见手印比签名更有威慑力，起码看着就能吓唬人，要不签合同的印泥咋弄成血红血红的哩。一斤黑毛猪肉三十六块半，这是写进合同摁上手印的，如今猪没了，你不得把肉钱赔给人家？

这样一家一家突破，到底收齐了猪肉赔款。老余另还赔了笑脸和一桌酒饭给黑毛猪董事长，这是在村外发生的事了——老余回县城的时候，在县里最高档的大酒店自己掏腰包买的单，村里人并不知道。老余喝了整一斤白酒，把自己喝得扶墙走。边走，边跟黑毛猪董事长赔礼道歉：“山里头的人就这样，素质不高，眼里么看不到半寸光，你有知识，有能耐，宰相肚里能撑船呀……”话没说完，弯腰哇哇吐起来。黑毛猪董事长赶紧搭把手，一面给老余捋后背，一面递上漱口的矿泉水：“理解理解，我也是山里走出来的。”

第二天老余从床上爬起来，捂着四分五裂的脑袋，努力回忆昨晚的场景，一时还没能从天上掉馅饼的美梦中回过神来——黑毛猪的事，咋弄的？热辣辣的光线从没拉严实的窗帘缝隙里透过来，像一根根针刺进老余晕头转向的脑壳，他隐约记得自己昨晚倒下前的最后一句话是：“猪……在，我在……”

老余梦里都惦记着黑毛猪的事，一群猪跟在他后面幸福地哼哼。醒过来，脑袋边上还缭绕着猪的哼哼声儿。咋弄的？使劲拍拍脑袋，溯溪而上的记忆好像拨开一道清亮的流光，再然后，哗哗地，这才打开拥塞的闸门——“我也是山里走出来的。”老余到底记起来了，黑毛猪董事长给他说的是，猪不是目的，是手段，是帮山里的乡亲们脱贫致富的手段，咱这是向猪要幸福哇……老余翻身坐起，果然见床边塞着一只黑胶塑料袋。老余心里一热，那是昨晚他提到饭店去打算当面交给“甲方”的违约金。

黑毛猪算是在石佛村蹲下点了。

老余交代玻璃花、老癫子他们：“给脸要脸啊，人家仗义，咱不能不识数。这打脸的事，断不能做第二回。”

都跟着捣蒜似的点头：“是是是，不能做，不能做。”

“能好好养猪不？”

“能，能。”

“能踏踏实实脱贫致富不？”

“能，能。”

老余一拍大腿："口头合同也算数！都是站着撒尿的老爷们儿，可得让咱这张脸有地方搁。"

转眼又是一年，黑毛猪董事长还到长锁家来亲手送的合同。老余和他说了，这一抹边几家人，就属长锁家有觉悟。长锁家墙壁上，老挂钟边上那幅从未被时间变老的年轻的遗像，也让黑毛猪董事长特别有感触。别说，相框里的那个年轻人白白净净的，戴一副眼镜，斯文而有志气的模样，如果假以时日，或许也会长成富贵还乡的样子。黑毛猪董事长接过长锁媳妇手里的热茶，反光的镜片上腾起氤氲的雾气："大妈，您养的猪好哇，今年再加些任务可照？"

"照么照么，"长锁媳妇欢天喜地，搓着那双粗糙的农妇的手，迎着一束光似的抬起头来，额上的纹路都嵌着喜悦，"俺保证，把猪养得膘肥体壮。"

老余在一旁笑着补充道："今年村里的'1+3'一期工程也能竣工了，你家可是第一批。我来做个保，搬新房归搬新房，咱的黑毛猪还是要放养，嫂子辛苦些，别怕两头跑。"

"不怕不怕，"长锁媳妇脸上的笑纹更深了，一条条刀刻的沧桑，线条却那样柔软，"俺又没得其他的闲事做么，养猪，就养猪。"

屋里热热闹闹的，长锁真想哭咧，他好久没看到媳妇这样松软的笑容了。

送黑毛猪董事长出门，长锁给老余递根烟，两人就站在坡上对了火，脸对脸地抽起来。"这烟不孬哩。"老余眯起眼，享受着缭绕的烟雾。长锁嘿嘿笑："余书记的政策好。""瞎说，是国家的政策好。"老余纠正长锁，"当然，好政策也要靠人来执行。"说着自己先笑起来。一阵风吹过山坡，满山的绿叠成层层波涛，老余心情不错，今年实现“村出列”大有希望哩！

长锁家领的猪崽子最多，老癞子他们够眼红的，都说老余偏心，把“猪幸福”都给了长锁家。老余仰天打个哈哈，摇摇大手：“一巴掌伸出去，指头还有长短呢，我就偏长锁家了，你们有啥意见？我又不傻么，支持我工作的，我自然要偏点心眼子。我看这往后还有谁扯我的后腿？”老余的笑爽朗而狡黠，哗啦一把撒在青黛的山林里，像撒出一把金色的种子。挺起的大肚腩一颤一颤的，把自己笑成了一尊弥勒。

雪落西门

窗前的一方矮几上，午后明亮的光线投下来，照着精致的小刨小凿小木件和西门那张尤为精致的脸。他斜斜向下呈四十五度角的脸廓勾出柔美的线条，微微翕动的唇角，饱满的人中，然后是悬胆样的一管鼻梁，再往上是平阔的天庭，眉如犀角，双分入鬓。相面的术士说这种“五官俱成”的人主富贵，老西门听了只是苦笑。吹雪乖巧地伏在矮几下，朝探身进来的老西门摇摇尾巴，白色的卷毛铺在地上，像一匹绒毯。老西门望望，搓搓手，又退出去。

下午还有个会，老西门穿上外套，把公事包夹在胳膊下，换了皮鞋出门，想来西门兀自与他的小刨小凿小木件为伍，不会在意他的离去。公事包有年头了，四角的皮革都磨损得厉害，黑皮面露出几分窘迫的灰白。那是人造革内里的衬纱，有点像断裂的白色骨茬，又像老西门头上稀疏的发，再怎么焗，也遮不住衰颓的颜色。开完这个会，他就可以退休了，一个甲子丢在光阴里打了水漂，竟然这样轻捷。老西门把门轻轻带上，落了锁的门发出咔嗒一声响，感觉哪儿有一张小嘴儿在心上咬了一口。

父亲出去了，西门才仿佛嘘了口气，他眨眨眼，那对深目黑白分明，瞳仁端正，只是如同藏在匣子里的珠宝似的，全无神采。他在小几上摸索了一阵，手上便多了一支刻刀。刻哪几个字呢？他略作沉吟。金毛啵比的主人找到他时，留的口信是，对不起，我爱你。他觉得这六个字刻在盒子上不伦不类，还不如直接刻一根够分量的棒骨。他不觉得这些养宠物的人真正了解他们的小伙伴，连最后的告别都矫情而做作。他们通常都是在网上下订单给他，有时也会找上门，老西门对儿子从事的这份工作不置可否。他不了解儿子，就像儿子不了解这个世界。在老西门看来，儿子永远也不可能像正常人那样融入这个精彩而声色狡猾的世界，所以也好，儿子从事“宠物殡葬”至少是安全的，找他订活儿的都是些心思简单的人，不然不可能对畜生投入这么大的感情，死了猫狗跟死了爹妈一样难过。儿子做的那些小盒子，和他的人一样精致漂亮，除了猫狗之外，还有乌龟、鸟、仓鼠和几内亚猪，都喜欢他的手艺。儿子给畜生做骨灰盒的时候，说是在给它们造房子，红木、紫檀、花梨木、樱桃木的都有，价格不菲，老西门以前不知道还有这么多花得起钱的。

下午的会照例是冗长而无聊的，十月的阳光斜斜照在老西门的左半个前脸上，使他昏昏欲睡。这个靠墙角的位置是老西门的专座，会议室不大，扫一眼能看到每个角落，但落座以后，从局长的那把交椅上就看不到老西门的脸了，如果打个盹儿什么的，完全可以不被领导发现。但这会儿他还是强打起精神，毕竟明天就退休了，最后一次，说起来和第一次一样，总有那么点特别的地方，让人下意识地正襟危坐。虽然这么多年，即使坐在领导面前，老西门也未必得到领导正儿八经地看上一眼，他还是认为这会儿能在领导看不见的角落里端坐着开最后一次会是必要的。这些年局长换了三四茬儿，也许五茬儿，老西门对此兴趣不大，他在自己的岗位上一待几十年，身边的人起起落落，来来去去，于他都没有太大的干扰。这是他的哲学，也是引以为傲的地方，要是西门没有经历那次意外，他也可能会在社会上谋这样一份不高不低的差事，那么老西门也会言传身教，告诉他如何平顺地度过一生。

在宣布了上级卫生检查和工会组织羽毛球比赛的事之后，局长把话引到了老西门的身上，这个刚到任三个月的局长好像和老西门共事了一辈子似的，如此亲切地回顾了老西门对单位几十年来所做的贡献。那些“贡献”老西门好像确实都干过，但实际情况又不是那么回事儿，老西门咂摸着，沉浸在古怪的回味中。他没那么系统地总结过自己，一生平凡无奇，没什么好总结的，但经过领导高屋建瓴的解读，一切都不一样了。要是往年评先进的时候，老西门也这么“客观如实”地给自己写上一份述职报告，就不会回回都落空。但这些又有什么意义呢？明天，他就是个退休老头了，领导如此郑重地向大家介绍他的“贡献”，只不过是为了他的体面退场做个铺垫。在座的各位同人表情各异，有些小年轻颇感诧异，他们与老西门没什么交集，一直以为这就是个颟顸的老头；年纪大些的微微笑着，有种稳态的幸福感洋溢在脸上；即将和老西门前后脚退休的那些老杆子，笑得更夸张些，他们“结案陈词”的时间也快到了，这很滑稽。然后是热烈的掌声，老西门在掌声中站起来，沿着虚空的平面做了个半弧形的颔首，他一辈子也没有听过这么多人合伙儿给他拍巴掌，一时竟有些激动。

回家的时候已经五点来钟了，这个点儿，寒露后的风便显出几分凉意，削在头脸上，年老体弱的人往往要把身子往衣服里缩缩。西门家的那栋六层砖混小楼，也怕冷似的缩在一条面貌陈旧的巷子里。小区有年头了，由于地段儿不错，二手房交易炙手可热，照市场广告上的说法，属于“醇熟社区”，生活倒还方便。巷子口的包子店，摞成小烟囱样的蒸笼正出锅，嘶嘶冒着水蒸气，老西门便买了几个包子。卖包子的胖姑娘大声招呼着，老西门感到她和刚出锅的包子一样的热乎劲儿。但他没听她的劝，多买一屉小笼包，只拣了五六个豆腐粉丝包子。家里还有中午剩下的米饭，青菜也已经择好泡在水池里，即便洒了农药，味儿也该散得差不多了吧。父子俩的晚饭一向简单，包子加菜泡饭，挺好。老西门对生活没有太多的品质追求，他的性子就是那样慢腾腾的，慢到提不起脚步去追求任何一样东西。况且他也不以为有什么好追的，是你的就是你的，不是你的怎么追也追不上。这也是他的哲学，坚固到牢不可破的地步。

矮几前的西门听到钥匙插入锁孔的声音，然后是缓缓转动两圈，嚓一声，门开了。老西门趿踏的脚步声传过来，他老是这样拖着鞋底子走路，好像抬不起脚来似的。阳光已经淡得若有若无了，能想象得出来，西天上渐渐就有晕了彩的霞光从云层里涌出来，托着一粒金红的鸭蛋黄，悄没声儿地一点点没入城市间森然矗立的楼宇。西门很少出门了，要是以前，他知道那些楼房都是火柴盒似的，高度参差不到哪儿去，但老白说现在没个二三十层高的都不算楼，四五十层的大厦也很平常。它们刀条儿似的直直杵在那儿，他就想不出那样的峻立了，太阳落下去的时候像是落在刀丛里，或许会感到疼。

吹雪也还伏在矮几下，西门的脚边，和这个年轻人一样没动过姿势似的，见老西门进来，摇摇尾巴，软塌塌的白毛铺一地，懈怠得很。西门十八岁时，养了这条狗，狗不如人经老，一晃十来年，成老狗了，除了必要的吃喝拉撒，懒得挪动一寸。先前老西门回来，它还肯亲热地叫唤几声，现在只剩下摇尾巴这项礼节了。西门照例是一语不发，看不见，也听不见似的。老西门也不以为意，放下公事包，搓搓手，进了厨房。

和儿子的关系，谈不上恶劣，老西门想不出恶劣的理由。父子俩相依为命，该是贴心贴肉的关系。可是，父子之间一天说不上三句话也是实情。照老西门看，儿子是自卑加上自闭。那次意外，让他失去了母亲，也切断了他正常地进入这个世界的通道。既然是个意外，所以也没办法，不能像他从小就喜欢的武侠小说里写的那样，找个人去报仇，把冤和怨都撒出去。然而儿子的心里，肯定是有冤和怨的，这个世界对他不够公平，他想拒绝却拒绝不了，找谁去？只有找命。命是老西门给的，老西门就觉得自己也许欠儿子的。

原先，西门妈还在的时候，老西门和儿子的关系蛮好。倒是西门妈，是个强势的女人，处处别扭着西门父子，她说话，他们得听，要是不听，这日子就没法儿过。老西门呢，照理说是一家之主，但是有点男生女相，性子又随和得不像话，所以真正当家的是西门妈。西门家祖传的细眉善目，当初西门妈嫁过来的时候，还找相面的高人专门看过，高人说，你看这男子却生着女人的面相，必定是福泽深厚。西门妈却是个高颧骨的大嗓门儿女人，说了好几门亲，对方都嫌她是克夫的相，偏老西门和她有缘。

老西门不看重长相，就娶了。西门妈也觉得合意，就嫁了。婚后还算和睦，但凡进得一家门的，都有些道理，好比转起来的齿轮，有凸起的地方，就有凹下的部分来配。夫妻二人育有一子，顺风顺水长到十八岁。

这一年西门要高考了，西门妈自然是如临大敌。西门的吃喝拉撒睡，西门妈都一手操办，老西门插不上手，倒也乐得自在。只有一桩事儿，西门父子和西门妈产生了不同意见。西门觉得压力大，想养条狗解闷儿，西门妈不同意。老西门站在儿子这一边，和西门妈据理力争。最后当然还是西门妈大嗓门儿一压，父子俩都没了声音。西门妈叉着腰说，玩物丧志呀，没听说过吗？要养狗等我死了再说！

一语成谶。

西门高考完，一家子高高兴兴去旅游，路上出了车祸，西门妈当场没了。浑身是血的老西门把儿子从挂在悬崖边的车里拽出来，一直搂着进了医院。检查完毕，医生告诉老西门一个奇怪的消息，西门看不见了。

“怎么会看不见了？”从不着急上火的老西门急得跳起来。儿子身上好好的，没见血，连一处骨折都没有。

“是看不见的伤，头部受到撞击，影响了视神经。”医生解释得不急不躁，像没出事前的老西门。

电暖壶里的水开了，发出凄厉的嘶鸣，把老西门从回忆的震惊中拉回来。也不知谁设计的产品，水烧开了就鸣笛，动静还大得很。那鸣笛声十分凄厉，总让人头皮发麻。老西门掐了电，把咕嘟咕嘟的滚开水倒进暖瓶。一暖瓶开水，足够他从头天晚上喝到第二天早上。但也许该多烧点儿，因为明天不用上班了，搁在单位的茶杯也已经拿回来。他打算把茶杯上的茶垢清洗一下，毕竟也算是新的开始。

老西门摇头苦笑了一下，他还没想好怎么度过新的一天。以往他出门以后就不管儿子干些什么了，他有种感觉，似乎他不在家，儿子更快乐自在。是的，儿子和他是两代人，很多想法都不一样，比如西门就用不着热水，他只喝瓶装的矿泉水，大冬天也如此。老西门曾建议过儿子多少喝点热水，暖胃。但西门只是无所谓地笑笑。儿子的笑容很抽象，看起来像夜空里刮过一阵微风。

他小时候不是这样的，小时候的西门长着一张胖嘟嘟的脸，笑起来有种肉乎乎的质感，让人忍不住捏上一把。现在他脸上精致的线条倒让人有些距离，虽然很好看，但只能是远远地看上去的美，又冷又硬。这使老西门无端地想起巷子口那个卖包子的胖姑娘。那姑娘总是笑着招呼他，让他感到刚出锅的包子一样的热乎劲儿。要是有个爱笑的儿媳妇就好了，唉……自从大嗓门儿的西门妈走了以后，房间里一直很冷清，父子俩就在这冷清里过日子，一晃好多年。这也不能怪西门，老西门想，有一回他照镜子，看到自己的一张脸也是硬的。可西门毕竟还年轻。

说起来他们西门家的基因还是不错的，个个细皮白肉，加上老西门长得又富态，看上去倒不显老。西门妈走后，也有人替老西门说合过，但老西门总觉得不那么妥帖。西门倒是对什么都无所谓，这点随老西门，如果给他找个后妈，恐怕没那么难开口，可怎么说呢，老西门到底没跟儿子正式开过口。单从条件看，有那么几个妇人，还是不错的，不过这种事儿哪能光凭条件呢，到底凭什么，老西门也还没琢磨透，也就没敢往前再蹚蹚。

笃笃笃，有敲门的声音。来人很客气，敲门的力道轻而节制，三声过后便停了。西门窸窸窣窣地站起来，往门口摸过去。老西门也从厨房里出来，迎头碰上进门的老白。“叔叔好。”老白和老西门打招呼，一如既往地有礼貌，向前弓着的身子把一张娃娃脸送到老西门面前。说起来也三十岁的人了，怎么看还是个初中生。老西门笑笑，回应了老白的招呼，脑子里闪过老白初次登门时的情景。

那还是西门初中二年级的时候，往家里领回一个姑娘。说是姑娘，乍一看像小子，运动头，运动服，运动鞋，一张娃娃脸上架一只大框架眼镜儿，那张脸就更显得小。小姑娘一进门就给老西门恭恭敬敬地鞠了一躬，说：“叔叔好。”老西门正赶着出门，也没细看，点头应一声，夹着公事包出去了。西门交朋友这事儿，老西门不太在意，西门妈盯得紧些。但西门妈对西门和老白来往没怎么反对，老西门后来才明白西门妈那么警醒的一个妇女，怎么对老白毫无警惕性。“又不是男女朋友，不干涉。”西门妈态度很明确，只要不是早恋，西门和小伙伴该怎么玩怎么玩。“老白”这外号也是西门在家里叫开的。起初老西门挺奇怪，那姑娘也不姓白呀，比西门还小月份呢。可老白老白叫顺口了，往后姑娘再来，一开口就是“老白来啦”，一点不生分。

老白初中过后就没怎么长，一米五多点儿的身材，再没往上拔，姑娘们那些该长的地方也没发育，胸部平平无奇，臀部么，因为总穿着松松垮垮的牛仔裤，也看不出什么名堂。她是西门迄今为止交往时间最长的一个朋友，因为住得近，总来西门家串门子。

西门眼睛看不见之后，好一阵子心灰意冷，亏老白常来看他，两人说说笑笑，渐渐不那么抑郁了。老白喜欢招猫逗狗，光是流浪狗就收留了好几只，吹雪也是她抱给西门的。狗东西长得不怎么排场，可能是中华田园犬和西施、京巴之类的串串，一身白卷毛，支支棱棱，总之第一眼看上去不那么入眼。照老西门的想法，顶好弄一只拉布拉多什么的，做西门的导盲犬。但西门喜欢，还给起了个不像狗名儿的名字叫吹雪。老西门依稀记得这名儿来自古龙小说里的人物，好像是个顶尖的剑客，全名西门吹雪。西门管他的狗叫吹雪，可能有点意思，但老西门也不能全然理解。

有一种人，已接近神的境界。因为他已无情。

有一种剑法，是没有人能够看得到的。因为曾经有幸目睹的人都已入土。

有一种寂寞，是无法描述的。因为它源自灵魂深处。

西门少年时读古龙的小说，觉得西门家的人就应该长身直立，白衣胜雪，而手上的利刃如漆，落花吹雪。十八岁应该出门远行，心中有一个姑娘，看起来很无情，偏偏又很多情。江湖虽风波险恶，却应该笑傲天下，有江湖之处就有关于西门的传说。这些“应该”都在他的世界里，等着他去闯荡和行走。可是十八岁等来的却是没顶之灾，像是一场没有对手的决斗，还没有出手就败下阵来。对此老西门一无所知，他一辈子循规蹈矩，断断想不到把平凡的日子过成神话。老西门的哲学和西门的美学格格不入，他只是感到那个鲜活的儿子一下子就委顿倒地，不仅委顿，而且瑟缩起来，令人心碎地缩成婴儿的样子，蜷身一隅。

老白的作用这时候就显出来了。这姑娘平时不哼不哈的，但是挺有主意。这能从她高考落榜后的轨迹看出来——先给老板打工，赚钱，赚经验，然后开店做自己的老板，做自己喜欢的事情。老白开的自然是宠物店，整日与猫猫狗狗为伍，乐此不疲。她把吹雪送来之后，一直悒悒不乐的西门就知道自己该干什么了。老西门觉得这件事十分奇妙。

老白若来，基本都是这个时间，她开的那家宠物店离西门家只有一个街口，下班的时候顺道过来看看西门，下单或者取货。西门在网上的订单，都是由老白来打理，店里有时也会有慕名而来的客户。

“吃了吗？”老西门照例会这样问。

“刚下班。”也是标准答案。

“一起吃点？”随口一说。

“那就麻烦叔叔了。”也没啥客气。

当下三个人围桌坐了，一起吃晚饭。几个包子显得捉襟见肘，好在泡饭有一大锅，腌豆角和咸鸭蛋都是现成的，老白不是个挑拣的姑娘，倒也吃得津津有味。翠色的青菜末浮在雪白的汤饭上，煞是好看，老白欠身盛了菜泡饭递给西门父子，又敲个咸蛋拨在西门的碗里，再把那只蓝边碗往西门跟前挪挪，挑一个包子放在他的手心里。做这些的时候老白笑眯眯的，一整套动作行云流水，自家人也不过如此，可又比自家人透着礼节性的成分，像是她在招待他们。她说话的声音很轻，笑的声音也轻，有姑娘家的腼腆，不过老西门有点奇怪，这么多年熟门熟路，她有什么好腼腆的，尤其是，她若不开口，当真看不出来是个姑娘。

吃饭的时候，老西门注意到老白的脖颈间挂了条坠子。到底还是姑娘，爱美。老西门就赞了一句，算是礼貌吧。谁知老白不好意思地说：“叔叔，您不知道吧，我挂着的是点点哪。”老西门怔了一下，西门就在一旁解释：“她养的狗，长花斑的那只。”老西门有点印象，好像那狗右后腿还有点瘸。老白提过，点点是在垃圾桶边上捡的，当时剩下半条命，治了个把月，花了好几千。那狗，怎么跑到老白脖子上去了？老西门一时难以明白，后来才知道点点病故了，老白用点点的骨灰订了一条钻石项链。“大概二百克吧，”老白捏起脖项间那颗闪闪发光的东西给老西门看，“提取出来的碳够做这么大个儿的钻。”这在老西门听来简直是天方夜谭。“你养了那么多条狗，以后，都挂在脖子上？”老西门惊奇地问。“也不一定，”老白鼓鼓腮帮子，“或者做成标本放在卧室里。”老西门知道老白的狗都跟她睡一个屋，这个想法倒也不离奇。

因为谈到了生死，老西门一时有些伤感。人老了，可能比年轻人更忌讳这个话题，千头万绪地涌上心头，有些不吐不快的意思。老白走后，老西门便拉着儿子聊了一会儿。

少了老白，父子间的对话竟有些生硬。

“老白倒有趣。”老西门只好借着老白往下说。

“她现在生意做得蛮好。”西门对着虚空微微一笑，似乎洞穿了老西门的心思。

“是，有她帮你，我和你妈都安心了。”这话说得不伦不类。

“怎么说？”西门有意促狭老西门，笑得更抽象。

“呃，”老西门搓搓手，下了决心似的，“我知道你不愿听这个，但既然说开了，不妨说说……我，今天退休了。”

西门明显怔了一下。

“我是说，我老了，陪你的日子不会太长了。当然，你会说，我也没让你陪。”老西门握着话头，没打算让西门接腔，“就算我老下作吧，哪个当爸爸的不是这样呢？自从你妈走了以后，我总在想，我怎么当好这个爸爸呢。给你再找个妈？也许会好一些，但也许坏了事儿。我不大敢赌这个，毕竟，你和别人家的孩子……不太一样。”老西门斟酌着用词，眯起眼睛，“你从小就倔，像我，又不大像我。也不像你妈，有什么事大门大嗓地说出来，反倒好办了。你憋在心里不说，我这当爸爸的，真是着急。让外人看，我一辈子没跟人急过，可为了你的事，我没黑没白地心焦着。我担心哪，我走了以后，你一个人，总得有个伴儿……老白不错，打小儿看着长大的，可你好像对人家也没那意思。这姑娘也是奇怪，不像要嫁人的样子。我就寻思着，你们这样的关系，或说是朋友吧，要不就是合作伙伴，我老头子看不大明白，关键是能不能长久，不至于一个人孤苦伶仃。说起来可笑，我有时候瞎琢磨，连巷子口卖包子的胖姑娘都给你拉过配。当然，还没行动过，那也太荒唐了。我只是想，你能有个热乎的媳妇儿，进家呢，能有个家的样子，别这么冷清，我呀……我……好给你妈，有，有个交代不是？”老西门说不下去了，嗓子眼儿那儿好像有个硬东西硌着，顶得难受，眼底的泪花都翻上来了。

半晌，西门喊了一声“爸”。

“爸，”西门找到父亲颤抖的手，握住，“你别急。”

老西门垂着头，视线刚好落在儿子的手上，这手比起他那张精致好看的脸可糙多啦。虽然吃饭的时候洗过手，指甲和皮缝里还是有许多积垢，皮肤粗得像砂纸，布满腿子和细小的伤口，有几根手指翻了肉刺，虎口那儿还贴着一张污了色的胶布。父亲有些心疼，这手，都说巧，但没人想过，一个瞎子怎么能把那些利器用得如此精巧。

据说那个叫西门吹雪的剑客可以做到手中无剑，心中有剑。西门家的人，或许有胸怀利器的天赋。老西门年轻的时候也拿过刻刀，纯粹是兴趣，有个老师说那更像是工艺品，而不是艺术品，所以他放弃了。现在想起来，当初的放弃也许并不是因为自己的手艺不配称为“艺术”，只是因为他觉得这是无用的，对于进入这个正常的世界并没有实际的帮助，周遭的人大约也用玩物丧志之类的话激励过他，所以考学的时候就报考了经济类学校，然后分配到一家尚且体面的单位，毫无悬念地用笔而不是用刀熬到了退休。

西门父子的谈话让这个深秋的夜晚蒙上一丝忧伤，在父亲看来，人生没有一个完整的交代，因而不大正常，足以让这个做父亲的千古之后还耿耿于怀；而儿子并不想正常地度过一生，他刚刚和父亲说了他的计划，关于找个伴儿共度一生的问题，叫父亲大跌眼镜。

“我已经把钱攒得差不多了。”西门面带微笑，像在说一个离奇的故事，“西门，吹雪。我们永远不会孤单。”

老西门倒抽一口凉气。倒不是儿子这些年瞒着他攒钱这件事让他震惊，儿子的手艺没得说，那些奇妙的盒子就像是从他手里生长出来的。每一只宠物骨灰盒都堪称艺术品，收费也相当昂贵，也因此，他并不担心儿子日后的生计问题，但他没想到儿子攒钱的目的如此荒唐。

那是老西门想象不到的一笔巨款，克隆一只狗。西门说到他决定和他的狗共度一生时，有一种非常宁静的表情，吓坏了老西门。老西门不知道吹雪的肾衰竭已经很严重了，他没特别在意过这个狗东西，他以为它和他一样，不过是老了，所以食量和运动量都明显下降。不过西门说可以提取吹雪的皮肤细胞，再造一只吹雪。这听起来比老白的骨灰钻石和宠物标本还要匪夷所思，但听西门的意思，这不过是宠物殡葬业中的一个普通服务项目，除了价格不菲之外，操作起来并不复杂，反正有专门的机构来做这件事。

“你，和吹雪过一辈子？”老西门试探着问，他觉得自己恐怕没搞明白儿子的意思。

“吹雪可能是几辈子。”西门轻笑起来，“这不重要，重要的是，谁不是活在自己的世界里呢？爸，您所谓的‘正常’的生活在我眼里一点都不正常。”西门又笑了一声，“尽管我看不见了。”

“什么？”老西门有点吃惊。

“我妈走的时候，我挺难过的。后来吹雪来了，我觉得挺有意思。我还记得我妈那句话，要养狗等我死了再说。她大概知道有那么一天。”老西门觉得儿子是不是犯糊涂，但儿子接下来的话让他糊涂了。

“人和人讲缘分，缘分是个什么东西呢？可能是生命能量的同频共振，所以大概所有有生命的东西，都要讲点缘分。我和吹雪有缘，它来的时候，我忽然就不那么想我妈了。我甚至觉得我妈在笑，笑着叹了口气。老白和我是哥们儿，她是个挺有主意的人，我们现在干的这活儿，您知道叫什么吗？宠物摆渡人。不明白？不明白没关系，您知道灵魂是需要妥善安放的就成。活着的，和死去的，人，或者别的什么生命，都需要个‘到彼岸’的过程。您呢，一辈子活得挺‘正常’，什么都按部就班，就好像别人塞给你一张地图，只要按图索骥就好了，但有没有想过，或许原本不该是这样？那次意外之前，我一直暗暗攒劲儿，想到那些‘地图’上没有标注的地方去，让你看看西门家的人该怎么个活法儿。可惜，到底没成，我瞎了，走不出去了，但没关系，我想了好久，终于想明白一个道理，走得再远，也走不出自己的心。一个人心里想什么，他就有什么样的生活。我很喜欢现在的生活，您觉得冷清，我觉得那叫清净，一人，一狗，足矣。您没必要跟我妈交代什么，我妈高兴着呢。她看见的，您未必看得见……”

西门从没跟老西门说过这么多话，老西门惊讶地半张着嘴，每个字都能听懂，但好像串在一块儿又不是那么个意思。老西门隐隐觉得，儿子大概是说他肉眼凡胎，由于眼皮子浅，只能看到结婚生子这些琐碎的事。儿子从来就不是他的儿子，而是借由老西门和西门妈来到这个世界。西门妈做完了她应该做的事，就离开了。所以死亡这件事儿既不悲伤，也不恐惧。儿子从事的那个灵魂摆渡行业，让他看到了更本质的东西，和他妈有更多的精神交流，反倒是老西门，囿于物质性，和儿子没什么话说。

谈话到此结束，但老西门复杂的心理活动才刚刚开始，他觉得儿子的话听起来充满玄机，作为西门家的人，自己这几十年是不是白活了？那么问题来了，活了几十年，倒不知道该怎么活下去了。确实有些茫然，大清早的，老西门握着那只从办公室里带回来的富康牌保温杯，站在水池前，思绪跟着自来水哗哗地流。经年的茶垢已经清洗干净了，双层的玻璃杯面光洁如新。明亮的玻璃映出老西门年轻的时候，那是个精神的小伙子，刚到单位报到，一位老同志坐在他对面，端着一只积满茶垢的杯子，以过来人的身份和他交代句什么，然后咕噜喝一口，以升调的“啊”字重复刚才的重点。其实老同志的话里原没有重点，但是他端着茶杯郑重其事的样子让这场谈话有了重点的色彩。新鲜的茶叶在壁附着厚厚茶垢的杯子里载浮载沉，看起来充满奇怪的诱惑，还是小伙子的老西门望望自己办公桌上那只光洁明亮的茶杯，竟油然而生一股钦羡之情：嗯，我以后也需要这样一个有身份感的杯子。

现在，老西门握着这只具有身份感的杯子，感到了莫名的苍凉和荒诞。

自来水还在哗哗地流着，西门的声音从身后传过来：“爸，你是不是忘了关水龙头？”“哦，对。”老西门赶紧关上思绪的阀门。

日子如水流过，并不比老西门上班时更容易或者更难熬一些，他高估了自己对时间的态度，那就像是一个小孩子对于毕业典礼的想象，掺杂着几分恐慌的兴奋，更多的则是莫名其妙。有时候他望着斑驳的墙壁也能呆坐半晌，由于年深日久，原本坚挺的墙体也抑制不住地老了，龟裂的涂料层凸起一层干燥的白色皮屑。他忽然想起儿子小时候写作文用过的一个十分精妙的比喻：下雪了，纷纷扬扬的，像爸爸的头皮屑。可惜这句话被老师重重地画了红杠杠，并打上一个大大的问号。老西门想那个教龄长达二十年的语文老师真是没有想象力，他当年有一头茂密的头发，搔头皮的时候当真是纷纷扬扬，西门妈为此特别嫌弃他，但儿子每次都兴奋地拍手大叫，爸爸下雪了。他也是眼拙，那时候就该看出来这是个不一般的孩子，能在最秽处找到最洁质。佛家说这叫无分别心，修好多年未必修得，儿子原来站在这样的高处，难怪他替儿子觉得阵阵寒意。不过儿子怎又会生出如此的执念，认为西门家的人便该当如何如何呢？好像他这样随便地蹉跎掉一辈子的人，不配姓西门似的。儿子不能容忍生命不够庄重，哪怕是雕刻一只骨灰盒，都要成为一件孤绝的艺术品。他一定忘了第一次拿刀时的样子，五岁，或者更小一些，老西门握着儿子肥白的小手，教他分辨水果刀和刻刀的区别，让西门妈骂了个狗血淋头。一晃都二十多年了，老西门不禁有些好奇，儿子从什么时候起，拿起了他放下的刀？

如此胡思乱想，不觉一日又将尽。

这一日早上，吹雪终于闭上了眼睛，那身白色卷毛被夺去了生命的光泽，黯淡在老西门的伤感里。电话预约的专业工作人员上门提取了吹雪的皮肤细胞，还答应可以办理贷款和分期。但西门淡淡地说不用了。老西门看着儿子，那双好看的眼睛蒙着一层荫翳，看不出什么特殊的感情。“很快，”儿子轻声吐出一个梦似的，像是自言自语，又像是跟老西门交代，“很快就能见到吹雪了。”

开门的时候一阵冷风灌进来，几片雪花被风卷进楼道，轻盈地落在西门的肩上。这个冬天来得真早，才刚刚十一月份，就开始下雪了。工作人员把连衣帽掀起来盖在头上，和西门父子说再见。“再见。”西门的声音里注满了再次相见的期盼，竟有些微微地发颤。

凌霄，凌霄

一

这事儿若是从根儿上说起，得说回康玉文九岁那年。

那年春荒，饿死不少人，马齿苋、灰灰菜、扫帚苗、婆婆丁、椿芽、苦菜都给薅尽了，山也瘦了一圈。原本康庄是藏在山洼子里的，这时也跟着瘦下来的山脊崚嶒起来。整个庄子有余粮的，不过几家大户，据说和山上的王大花鞋有交情。

起初康玉文哥哥他们商量着要动手，让康家的老爷子给按下来了。康老爷子抖着他弯弯曲曲的山羊胡须说，你们几个砍脑壳的，要知道王大花鞋是扒过县里城墙的厉害角色，手里不光有土铳，还有“捷克造”，你们敢引那狗日的下来？康玉文哥哥脖子一梗，立眉道，横竖是个死，与其饿死，倒不如战死。立时便有人附和，都说逼大户把粮放了，便是战死也值。康老爷子被一伙儿年轻人噎得血涌上头，一张紫皮脸膛险些涨破了。康玉文似懂非懂地劝慰祖父，哥哥们如今都大了，但凡有事，由他们去担待好了，况且是生死大事，谁都知道活下去最重要。康老爷子瞧了孙女一眼，这九岁的姑娘似雨后的笋儿般，婷婷得竟有些模样了。颤巍巍的老人不由得苦笑，喟然叹一声，颓了脑袋坐下，闭上眼不再言语。

庄子里和康玉文哥哥同气连枝的，都是些青皮后生，正是娘老子也管不住的年纪，说动手便动手，大伙儿抄了镰刀锄头，先去了东头最富的那家。那家瞧见这阵势，晓得王大花鞋就算有迫击炮也是远水解不了近渴，便乖乖放了粮。出村只有一条路，也叫人封上了，送信的没跑两步，给一粪叉子捣在路边。

这是那年春上的事，康玉文只记个大概，毕竟年纪小，其余的，祖父和哥哥也不让她知道。父母都去得早，也是世道不太平，康玉文对周遭的记忆总是颠沛得很。似乎王大花鞋到底没能杀得进康庄，又或许根本没工夫杀过来。哥哥喷着鼻息说，王大花鞋哪里顾得上这头！十九岁的哥哥敞开怀，在场院上舞着一对沉甸甸的石锁，呼呼有声，两臂的肱二头肌撑着蛮劲儿，饱得像要炸裂开来似的。几个同族的兄弟围了一圈子，迭声地叫好。康玉文瞧着虎目圆睁的哥哥，越瞧越觉得像正月里贴上墙的门神。

然后就是成立赤卫队，康玉文哥哥经常十天半月见不到人，游在山里，像鱼儿离不开水。祖父只是装糊涂，对外还是那套说辞，逼着康玉文也跟着打马虎眼儿，就说哥哥跟人出山进货去了。家里倒真有副货郎挑子，是先前有人寄放在这儿的。那人夜里来，夜里走，黑天里瞧不清面貌身形，倒像是不曾来过。康玉文哥哥热血沸腾地度过了一个无眠之夜，到天亮，就兴兴头头地和家里人说，这挑子是他托人置办的，日后也好讨生活。康玉文连蒙带猜，估摸着王大花鞋没杀得进康庄，和“置办”这副挑子的人有些关联。但究竟是怎样的关联，又不得而知了。照祖父的说法，王大花鞋是躺在棺材里炸过城墙的主儿，又奸又狠，他吃过谁的亏？这次竟叫康玉文哥哥他们成了事，实在是蹊跷。他老了，是看不明白这世道了，便由得孩子们去罢。

到成立童子团的时候，康玉文竟也得了个小队长的职务，领着三五个一般年纪的孩子，站岗放哨送消息。若是有外面来的，他们手上的红缨枪先吓那人一哆嗦，接着便厉声喝问道，你是谁？找谁家的？来做什么？这三个问题答得好便罢了，倘有一丝犹疑，立时押了去佘家大屋后头的庆余堂。佘家早没后人了，邻里闲话，说是“佘”字出不了头的缘故，即便耗尽家资修了个庆余堂，也是没用，正好征来闹革命。农会和团部都设在那儿，自有挎着驳壳枪的干部，把来人审问清楚。晚上也闲不住，康玉文他们猫了腰去听墙根儿，主要是几家富户，还有就是和乡公所、县党部有来往的，或是官家买办，或是屋里头有人在保安队，总之不是实打实的庄户人家。康老爷子斥过康玉文几句，说她一个姑娘家的，和她哥哥又不一样，多少要体面些才好。康玉文抿抿小嘴，垂眉耷目地不说话，半晌抬头回一句，现下和先前不一样了，您又不是不知道。这话堵了康老爷子的嘴，除了瞪眼顿足吹山羊胡子，便只能摇头。

照康玉文哥哥的说法，现下和先前已经大不一样，以后会怎样，康老爷子这样自诩见过大半辈子世面的人，更是想都不敢想，所以顶好闭了眼睛在家享清福，等着他们胜利的好消息。康老爷子问，现下是康庄这样，还是外面都这样？康玉文哥哥说，迟早是全天下的事。这口气好大，据说王大花鞋的枪会老巢已让赤卫队一锅端了。王大花鞋无奈逃到县里去，一路丢盔弃甲。这货原就挂在县保安团的名下，虽说刚起家时和县里是作过对的，两年前却被招了安，现下土匪儿子要找他的官老子搬救兵去啦！康玉文哥哥笑得畅快得意，梁上的灰尘都震得簌簌直掉。康老爷子只是不信，喃喃道，哪有这般容易，哪有这般容易，天底下哪有这般便宜的事？

果不其然，康老爷子的忧心到底是让一把火给兑现了。

那把火是怎么烧起来的，康玉文已经记不大清了，事实上她连看也没看清，张皇间只听得呼天抢地，一双脚不由自己。那天明明没有风，火苗子却凶，从村头一直烧到村尾，整个康庄几乎成了白地。她和祖父跌跌绊绊又拉又扯地跑进山里，从山上往下看，密密的林子都遮不住远远那片灼人的火光。康老爷子拄着仓促之间从山道上摸起的一截曲里拐弯的树枝，顿地号啕，我就知道天底下没有这般便宜的事，没有这般便宜的事哟！

跟着跑出来的庄户人有那么一些，也有没跑出来的，或是舍不得那点家当，或是存着侥幸，以为脱得了干系。结果没跑出来的，就成了刀下鬼；也有年轻的妇道人家，硬被说成是“党婆子”，成串地捆了卖到山外去。那都是后话，眼下康玉文还不知道整个康庄都被血洗了一遍，她蓬头垢面坐在地上抹着泪，祖父眼里则尽是血丝。老人歇斯底里的可怖神情让她瑟瑟发抖，不禁怕冷似的抱紧了双臂。她原本是深信着哥哥的，这时候哥哥却好像不那么值得信赖般油滑得没了踪影。

据说赤卫队在林子里钻来钻去，神龙见首不见尾，出事这天，队伍刚巧拉在山那头，隔山还打了个胜仗。这胜利的消息让山风给吹乱了，康玉文又怨又艾地想，哥哥跑那么远做哪样么，咋还不回来呢！山下的火早熄了，烟却迟迟散不去，没人敢下山，只得胡乱找个洞，山猫野獾似的躲一夜。蜷在洞里也不安生，蛇虫鼠蚁欺人欺得狠哩。那山蚂蟥尤其可怖，远远地闻见生肉味儿，神不知鬼不觉地“嗖”一下就跳到皮肉上，吸人血最是厉害不过。谁家小儿的啼哭传过来，母亲低声地斥骂几句，又有窸窸窣窣的古怪声音，和着夜枭的怪啼，一条一缕割着人的神经，山里的夜支离破碎的。康玉文又惊又怕，脑子里横搅着一盆糨糊，两个月前哥哥的队伍端了王大花鞋的老巢，现下倒了个儿，哥哥他们也被端了老巢。原先只是为一口吃的，如今加了血债，这就变本加厉了，那么今后呢？

没待康玉文盘算好，日子就乱了。

二

没命地跑。

有好长一段时间，康玉文的记忆都浸泡在慌张的奔跑里，四面除了乱纷纷的腿，别无他物。那时她常随村里人“跑反”，康庄的土地上过兵过匪，抽丁拉夫，他们都要跑。有时竟不知为什么，谁惊恐地喊上一嗓子，众人便呼儿唤女、哭爹叫娘地跑起来。

晚霞满天，血一样红，她看着赤霞挂在天边上，一会儿鸟，一会儿狗，一会儿马，一会儿兔，仿佛哪位神仙随手贴上的一幅幅画儿。跑起来之后，顾不上看天了，连脚下也顾不上，磕磕绊绊地，跟头趔趄，奔得一颗心简直要从腔子里蹦出来。实在跑不动了，倚在哪里便倒下去，浑然瘫得没个人形，直要融到地底去。这时仰头看看天际，那最后一抹霞光都不在了，只剩下稀疏的星子，亮得夜越发深沉。

有半个月亮犹犹疑疑地爬上来，不忍还是不敢似的，瞧一眼，又钻到絮样的云堆里。康玉文吐一口长气，从地上爬起来，四下里一瞧，竟没人了。她一惊，和祖父跑散了，以前也是有的，但一起跑出来的只剩下她孤零个儿，却是头一遭。月亮又露头看一眼，冷冷的。

她不敢停留，野地里冷飕飕的，风都带着哨音，像是一支支小箭。她茫然环顾了一下四野，朝月亮的方向走过去。不知道月亮那边是哪边，但总比待在原地要好，她这样莫名其妙地有些固执地想，走起来总有希望些。那模糊的希望带着她蹒跚地走过一里地，两里地，三里地……不知有多少里地了，她害怕地哭起来，也许再也走不回康庄了。耳边听得鸦子叫，呱呱地，掺在沉得睁不开眼的夜色里，甚是恐怖，她想它们怎地不去投林呢，却在黑天里吓唬孤零个儿的她？

走过一片庄子，也是烧过了的，却不是康庄。她寻不到人，只能寻那烧焦的断瓦残垣，借一点火星子。下半夜天凉了，她也走不动了，圪蹴在半面土墙下，就着未熄的火堆，婴儿样蜷着身子睡下。火光只暖了她半面身子，另一面却隔了座山似的荒凉，她朦朦胧胧地想，哥哥在山那边，那边打了胜仗哩，可我们家，我们家却毁了，烧成烟，烧成砾，远远地看像废墟，走近一看，嚯，竟是个蚂蟥洞！赶紧拔了苦柳、马料来，揉出汁水抹在身上，好驱走那肉团子样的吸血蚂蟥……这一夜好荒唐，竟沉沉地睡得甚是踏实，天亮再看，还是没有人，连蚂蟥也没有一只。她便接着走，这次是循着太阳的方向。

路上渐渐有了人，她一阵欣喜，向人家打问，却没有一个知道康庄的。她心想这可坏了，她必是走得远了。想想，便又哭起来，又饿又窘地倒在路边。她脸上身上都是烟灰泥垢，衣裳也叫荆棘扯破了，有几处疲沓地耷拉着零碎的布条条，活脱脱一个小叫花子。有人见着可怜，丢了半个烧饼给她，指指脚下说这是去县城的路。她谢了人家，狼吞虎咽地把半个烧饼塞进嘴里，连掉在衣服褶子里的渣渣儿都抠搜干净了，这才想起，她还从没有去过县城哩。

走一截路，耗去不少体力，不久又饿了，她腹饥难耐，暂且把康庄忘在脑后。因有了经验，便往人多的地方去。见面善的，就觍了脸去讨些吃的。也有肯给的，也有不肯给的，她多说好话，总能得一点杂碎，垫垫肚拐子。又走了大半日，竟到城墙根下了。她仰头望望，青石红砖的墙头耸得好高呀，十个她叠罗汉也未必翻得过去，那么传说中的王大花鞋当初是如何扒了城墙的呢？想想，不甚明白，便低了头往城门里去。走到城瓮的时候，见运水车骨碌碌从身边碾过，车辙深沉，轧得实土的地面吱吱呀呀响，泼洒一路。她猛然想起来，是了，祖父说王大花鞋躺在棺材里，嗯，他便这样叫人驾牛车把棺材运进了城。棺材里藏着炸药，城门楼子险些毁啦。康玉文嘴角浮起笑来，一时竟忘了眼前的困顿。

进得城来，什么都新鲜，卖花布的，卖南货的，卖脂粉的，卖首饰的，样样都漂亮得不像话，眼睛似不够用般。从南到北是通衢，商铺林立，市声熙攘；东面和西面却又不同，绣花似的参差嵌着几座幽静的阁楼和花园，气派非凡。那报恩寺和魁星楼都是鼎鼎有名的，她在康庄时就听过，寺前的两棵千年银杏怎样怎样，楼上的繁华风景又如何如何……祖父年轻那会儿来过县城，闲时扯给她听，她神往不已，如今饱了眼福，虽不敢近前，却是在外面狠狠地瞧了个够。

几条街转下来，不觉肚腹又饿了，她极是懊恼地抱头蹲下来。想这肚子真是不让她体面，在家时也挨过饿的，却不像眼下，动辄咕噜噜乱叫，且难挨得紧，恨不能呕出馋虫子来。街角一处面摊子正烧着滚水，咕嘟嘟地直冒热气，葱花面的香味儿十分霸道地往她鼻孔里钻进去，一时嘴里又酸又苦，口水淹得腔子里都泛滥了。

正想着，罢了，拼着让那吊眼梢儿的摊主骂一顿，且溜边儿等哪位客人吃了面，她快快地把剩碗底接过来，舔一口也是好的。谁知忽有人从旁“咦”了一声，扯住她的衣袖便道，这不是玉文吗？康玉文抬头望去，原来是出了五服的一位叔父，慈眉善目的好不亲切。当下哭着把遭遇说了，叔父啊哟哟直叹。那么你哥哥和祖父呢？叔父体贴地拉了她在面摊坐下，吩咐摊主速速下一大碗面来。不晓得哩。康玉文抽着通红的鼻头，十分茫然地说，先前还和祖父一起，跑着跑着就不见啦。自打立夏后，哥哥是从来不在家的，他们到处钻林子，比我们倒跑得更勤些。叔父点点头，从筷笼里抽出一副短箸，在凹凸不平的桌面上笃了笃，递给她。街边小摊本就粗陋，那筷子两头都磨损得厉害，长短也不一，但两日未得一顿饱餐的康玉文也顾不得许多了，立时把头埋进碗里，吸溜着唇鼻，十分香甜地吃起来。

那碗面可真香，想是多加了料儿，康玉文事后回想起来，觉得自己就是被这碗面迷了心窍，竟什么都不知了。她稀里糊涂随叔父在城里转了几圈，见了几个生面孔的人，瞧他们相貌打扮虽不尽相同，行止言语却都透着古怪。康玉文远远地站在叔父身后，缩头缩脑的。因叔父说他见的都是要紧的人，须商量些要紧的事，她只得隔了些距离站开，以免叔父为难。他们在僻静处嘀嘀咕咕谋划一阵，那人打量一眼叔父身后的康玉文，摇摇头。接连两个都是这样，康玉文很不好意思，隐约觉得人家恐怕是因为她才拒绝叔父的。幸而后来有人指了路，叔父便携着她钻进九曲回肠似的胡同深处。

胡同尽头，有家墙头上翻出层层叠叠的凌霄藤，错落有致地攀了满墙。花谢了，叶还盛，郁郁葱葱地勾出富庶人家的轮廓。藤叶爬到门头上，半遮半掩的，甚是清雅。叔父抬手臂在那副刷了桐油的厚门板上拍了几拍，便有人出来引了他们进去。

那家人把她当作客人般奉了茶，又拿果子给她吃，她真是受宠若惊。有个体貌富态的妇人专陪她，却没有多余的话，左右只问她多大年纪，父母安好，可吃得惯这里的茶水点心之类。康玉文低头回话，九岁了，父母早已经去世，吃得惯的。然后局促地坐在那里，连手也不知摆在什么地方才好。偶尔听隔壁叔父压低了声音同男主人说话，蹊跷而模糊。断续听来，似乎是，乱世但求个安身的地方，天可怜见的……那妇人面目慈祥，笑微微地看着她，只叫她多吃些。她红着脸吃了不少果子。

叔父从房里出来，嘱咐她好生听话，他还有要紧事，且不陪她了。她懵懵懂懂地站起来，跨出去半步，又呆呆停住。叔父这话的意思，是她不能跟着他了，那么她要留在这里等他回来吗？但叔父并没有理会她的困惑，自顾与这家的男主人作揖道别，又说了些客气话。男主人拱手道，放心，放心，咱家绝不会亏待这孩子的。

康玉文眼巴巴地看叔父一撩长衫，施施然跨出院门，心里还糊涂着。天色渐晚，满院的凌霄藤覆下来，粉墙上蔓延着羽状的影子。她的脸庞披着霞光，红得发亮，鸟儿、狗儿、马儿、兔儿统统都不见了，只剩一片血也似的红。这是第几日了？她疑惑地转转呆滞的眼珠子，离开康庄竟这样久了，久得连日子也算不清啦。

三

说起来难以置信，康玉文叫自己远房的叔父拍了花子。这是九岁上头的事，她记得不很明白，隐隐觉得叔父或许不是好人，但也说不定，毕竟这家人待她极好。

这家主人姓徐，临街开着一家医馆，因排行老五，又留过洋，人称“洋五爷”。五爷医术高明，远近都闻名，得诊金也容易，并不在意花在康玉文身上的几块银圆。康玉文问他，叔父可是把她卖给徐家了？五爷沉吟道，也说不上是卖哩，人逢乱世，各种不得已。

五爷说康玉文叔父那日在房中说得恳切，眼见着流下几滴泪来。叔父说她的祖父和哥哥都在“跑反”的时候横死了，他又养不活她，便只能托付良家。现下嘛，既来到徐家，她大可以安心地住下来，他们把她当自己姑娘养。康玉文自也拿不出证据来驳，这并不是没有可能的，祖父和哥哥或许遇上了什么不测。她一路亲见到各种惨状，整个村子一夜间便绝了户的也有，人命和牲畜一样贱。

五爷说，韭菜沟那边闹起来，很是凶险，县里保安团派了人去韭菜沟拿匪，据说不日国军也要来驻防。康玉文不知道叔父是否和五爷说了，她并非是从韭菜沟跑出来的，但她哥哥有段日子跑韭菜沟那边倒是跑得十分殷勤，有时担着琳琅满目的货挑子，有时只带一柄寒光凛凛的砍刀，就这么拿指头粗的草绳往后腰上随便一系。

逢人还乐呵呵地宣讲，韭菜沟那边若成了事，咱这地儿就红成一片了。她想不明白，韭菜沟和康庄隔山不打牛，中间还隔着县城，怎么能连得成一片呢？哥哥挥一下手中的大刀，笑说，你只管查你的路条去！凡见到可疑的家伙，便帮着哥哥们拿下。刀柄上系着血红的缨子，在她眼前晃一下，划出一道赫赫的红光，比刀刃还晃眼。她只有九岁，想不明白也就不想了。

五爷家里有两个儿，长子伯怀已经十六了，长身玉立，在县隶甲等农校读书；次子仲怀念小学，比康玉文还小上半岁，是个精灵跳脱的孩子。照徐家主母的意思，玉文日后是要和伯怀结为夫妇的，并不是买来的女使，因此还是读些书的好。便由五爷做了主，和仲怀一道去启民小学。这下康玉文是由糠箩掉进了米箩里，她做梦也不肯相信，自己竟能够穿上洁净的新衣裳，去小学堂里听先生讲课。

那启民小学是新式的学堂，立了许多奇怪的规矩，譬如：每天整洁一次；每天写日记一篇；每年和国内外小朋友通信十二封……顶有趣的是，学纲里竟连吃喝拉撒也要过问，规定每天吃开水五大碗和豆浆一大碗；每天大便一次，且有定时。这些康玉文都做得一丝不苟，连仲怀都笑她迂腐，因她对五爷的话深信不疑。五爷说，我去法国留学时，和你们校长同乘一班邮轮，知他对于教育的积弊研究得极为透彻，顶讨厌的，便是那读死书的书呆子。他定的这些规矩大有裨益，他教你们有康健的体魄、科学的头脑、艺术的兴趣，以及自由、平等、互助的精神，这些都很是难得。她听了只是点头，规规矩矩地按先生的话去做，不敢有丝毫懈怠。她的心灵和身上的新衣裳一样，洁净得一尘不染。

识字明理的间隙，有时也想康庄，想祖父和哥哥，但康玉文知道，想也是枉然。城墙上的告示，她已经读得通、看得懂了，上面讲的是“移民并村”“保甲连坐”，还有“缉匪清共”，一个人头折合多少块大洋。有几个名字甚是熟悉，康玉文读到时，心里怦怦直跳，仿佛看到哥哥的人头也被割下来，血淋淋地挂在城墙上示众。她从不和徐家的人闲话康庄的事，徐家的人似乎也很谨慎，并不与她谈论祖父和哥哥，也许徐家人断定他们早已死了，怕引她伤心；或是徐家上下掩耳盗铃，担心引火烧身。这样过了些日子，康庄渐渐离得远了，康玉文竟从未动过念头，再回康庄去。

和徐伯怀通信，也许是唯一让她觉得与康庄尚有一脉联系的事。

徐伯怀就读的农校在笔架山，虽在县境内，来回却甚为曲折，算起来倒有两百里山路，脚力再健，也要走上一天，因此是寄宿的。徐伯怀自有他年轻的火热生活，仿佛远远地不与徐家相干，五爷提起这个满脑袋新思想的儿子，总是摇头。他有时会给康玉文写信，信中的措辞甚为激烈，与康玉文哥哥竟有几分相似。这也不奇怪，农校是马列主义传播的重镇，康玉文哥哥先前还从那里专门请先生来康庄讲过“革命”。那时庄子上没有人知道，先生锋利的阶级观点会彻底划破康庄宁静的日子，大家以为先生只是来帮他们喊话的，读书人嘛，手无缚鸡之力，虽激动地舞着拳头，却并没有揍人的意思，喊着口号就把富户吓住了。

康玉文私下里问过徐伯怀，你是“黑杀党”吗？在康庄的时候，庄上众人就传，共产党神出鬼没，昼伏夜出，专挑黑天里杀人，所以庄户人又叫他们“黑杀党”。徐伯怀笑笑，说你看我像不像？康玉文摇摇头，想想又点点头，“黑杀党”都是看着不像的。她哥哥看起来倒像得很，可是人家还说要考验考验，没来得及吸收他入党哩。徐伯怀说你哥哥是好样的，迟早会吸收的。康玉文的眼睛里就腾起雾气，缥缥缈缈地像是看到了大山的深处，哥哥在那密密的林子里钻进钻出，头发上、衣襟上、鞋面儿上都沾着露水，在朝霞的映射下好像披着一圈光晕。

若是五爷和徐家主母在，康玉文和徐伯怀便没有话说，倒是徐仲怀这小滑头，多的是俏皮话。他挤眉弄眼地对徐伯怀和康玉文说，你们俩叽叽咕咕地说体己话，避着爹妈便罢了，又避我做什么？徐伯怀拿书敲他的头，骂道，你知道什么好歹！先生要你学着写信，怎不见你写给我半封？徐仲怀抱着头跳开了，笑说，我知道你读书辛苦得很，哪有时间纠正我的文法和错字？玉文却不同，她是你媳妇儿，你自是悉心地教她。说罢做个鬼脸，促狭地拿胳膊肘拐康玉文一下，茶水盘子险些打翻。康玉文红着脸啐他一口，你快把笔记还我！徐仲怀只得作揖求饶，好姐姐，先生要的那十种动植矿物标本的制法，我还差着两种呢。康玉文又羞又恼，恨声道，你这泼皮！顿足跑去自己房间。五爷和主母在一旁看了，也只是笑。

其间破了一回城，赤潮汹涌，左右不过一顿饭的工夫，竟将青天白日旗换了火红的一杆旗子，猎猎飘在城头上。多数人战战兢兢，躲在自家屋里不敢露头。过了几日，打听到县府里已经安稳了，外面生意买卖照常做，大家又出来继续过车轱辘样的日子。新政府毙了几个恶霸，抄了几处府宅，鼓励人民当家做主，这于老百姓倒不是坏事。五爷这样的，数代悬壶济世，仁心妙手，在当地很有些体面，不论旧政府、新政府都欢迎，医馆仍还门庭若市，人们当活菩萨样，十分地敬重他。只是五爷从医馆回来，不免呆坐在那张包浆油亮的鸡翅木太师椅上，长吁短叹，连眼镜也忘了摘。金丝夹鼻眼镜敷衍地挂在鼻尖上，摇摇欲坠的样子。主母问他，他又不肯开口。

徐伯怀兴兴头头地回来过一趟，又叫五爷连夜赶回了农校。五爷忧心忡忡地说徐伯怀心思不在正道上，整天想那些有的没的，必要远远地送到武汉或是上海去，正正经经地读书才好。徐伯怀听了只是冷笑，犟头犟脑地说我们最好的先生都是从武汉和上海回来的。五爷一巴掌拍在当厅传了几代的黄花梨几案上，倒竖眉毛，厉声呵斥，小兔崽子，你什么时候不问家里要钱了，这才当真是翅膀硬了！

徐伯怀垂了脑袋从厅里出来，气鼓鼓的，连见到从厨屋后面端饭出来的康玉文，也没个好脸色。主母把徐伯怀拉进厢房，温言相劝，吃吧，吃吧，听你爹的话，吃了好上路。徐伯怀只是发呆。主母搛了鱼虾菜蔬给他，高高地堆了一碗，他支着箸懒得张嘴似的，脑子里不知盘算什么。一顿饭吃得没滋没味，康玉文偷眼觑徐伯怀，想问他两句，终于没逮着机会。其实徐伯怀也未必能回答她的问题，只是她觉得，有些话，没有第二个人可商量。

四

藏在康玉文心里的疑问，不到半月便有了结果。

那日国民党七十五师打进来，左右也不过一顿饭的工夫，城头上的旗子又变回去了，照县长的话说，还是朗朗乾坤，还是青天白日。原先县长是灰头土脸逃出城去的，但他这次回来红光满面，振振有词，说自己是战略转移，用老百姓的话说，是去搬救兵，救民众于水火。五行八作的百姓，只想着过日子要紧，自没有同他争的。

徐仲怀跑到街上玩，偷了五爷泡的药酒出来，跟兵油子换了一把弹壳。弹壳有长有短，用丝线编成一排，呜呜地能吹出怪声怪气的调儿。徐仲怀甚为得意，说学纲里规定，要“会弄一种乐器”，他弄的与旁人都不同，可羡煞同学们。康玉文皱眉说，你这哪里是乐器，明明是凶器，还凶得很哩。徐仲怀颇不以为然，摇头晃脑道，非也，非也，此物在兵油子手里是凶器，在我手里呢，便成了乐器。你呀，不要光看东西，要看用东西的人。

康玉文想想，这话有理，又没理。康庄的人，多少代都是土里刨食，他们跟锄头、连枷可亲。不过那年春上之后，东西还是那东西，人也还是那人，锄头、连枷之类的寻常农具，竟用来打打杀杀了。那么康庄的事，乃至天下的事，究竟是看东西呢，还是看人呢？恐怕都不好说。又譬如徐伯怀嘴里的马克思主义，康玉文的哥哥先前也说过的，但似乎他们说的并不是一种东西。哥哥提到马克思时，只拣紧要的说，统共不过三句：我们穷人要联合起来，富人才会怕我们，我们才会有饭吃。听起来像是竹筒里滚出来的三颗铁豆儿，铿铿锵锵的，又像是戏台上的锣鼓点子，人一听，精神便陡地一振。徐伯怀倒是能够大段大段地背诵《共产党宣言》和《资本论》，但要他“用暴力推翻全部现存的社会制度”的时候，他又会顾忌到父亲的脸色。好比是小生的戏文，咿咿呀呀婉转得不行，也好听，但唱半天往往还不得要领。这些都是很深奥的问题，康玉文十三岁的脑子不大够用。

城里比往日要乱得多，这一点康玉文感觉得到。因四下里不太平，物价涨得厉害，且无论吃的用的，都查得紧，特别是药品。好多药都进不到货，五爷也束手无策。家里每况愈下，康玉文说，爹，我不上学了，跟你行医吧。五爷一呆，你要学医？康玉文点头，这兵荒马乱的，我们校长也说，怕是安不下一张书桌了。医术是仁术，能救人哩。五爷拍一下大腿，好，难得你有这样的见识！想我祖上三代行医，偏生养了两个不识好歹的小兔崽子，我便求着他们去学医，也是不肯。说起来巧得很，李小姐刚和我说，做完这个月便不做了，我还担心请不到人。这下由你来接手，那是最好不过了。李小姐是医馆请的助产士，平时也做看护和药师。康玉文微微一愣，红着脸说，爹你太瞧得起我啦，我什么都还不会，怎能接替李小姐的工作？五爷多日紧蹙的眉头舒展开来，笑吟吟地看着她说，这不妨事，总是从“不会”到“会”的。我儿莫怕，有爹在哩。康玉文便乖巧地答应了，一样一样从头学起，倒比在学堂里更加用功。

再荒唐的年代，生孩子也是大事。康玉文跟在五爷后头，不久便学得有模有样，若是妇人顺产，她独个儿便能替人把孩子接下来。她手小，能摸进产道去，有些胎位不正的，她照着五爷的吩咐，或是依凭慢慢摸索得出的经验，也能把婴孩的头颅从母亲腹腔里拖出来。渐渐地有些口碑，众人“康小姐、康小姐”地叫开了，五爷很是欣慰。

这日，医馆里刚卸了门板，就有两个青皮后生闯进来，挟了五爷便走，说是家中有人得了急症。康玉文慌慌地目送五爷叫人老鹰捉小鸡似的，架着臂膊，脚步踉跄地离去，一时不知如何是好。一上午，她坐立难安，张头不知望了多少回，只见街上人来人往，买卖人的吆喝和讨价还价与往日并没有什么不同，仍旧是流水价地来去。

五爷走了大半日，过了晌才回，回来时一脸愁容，眉眼都揪在一起。紧揪眉眼的五爷叫康玉文闭了医馆，黑着一张面孔道，家去！康玉文自不敢多嘴，以为五爷遇到什么疑难杂症，谁知五爷一跺脚，没头没脑地啐一句，小兔崽子，尽给老子出难题！原来徐伯怀偷偷回来了，跟着一起进城的，还有苏区的便衣队。其中有个战士叫子弹穿了肩胛，躲在一处民房里，徐伯怀叫人去请了父亲来。那几个便衣队的，都熟头熟脸地称呼徐伯怀为“老徐”，对五爷也不遮拦，直言不讳地摊了底牌，说是来敌占区搞粮食的。

他倒成老徐了！五爷一瞪眼，金丝夹鼻眼镜差点飞出去。

康玉文一路小跑，撵着大步流星的五爷。遇上有人打招呼，五爷也并不答话，只是敷衍地拱拱手，算作应酬。康玉文似乎感到呼呼的气流穿街而过，转眼到巷子尽头，撞上一堵墙，便遽然成了风暴。门房动作稍慢些，家里那扇刷了桐油的朱漆大门便让五爷一脚踹开了。徐家主母赶紧摇着扇子出来，口里直唤，啊哟哟，这是撞了哪门子邪！五爷脸色铁青，拂袖道，你家的兔崽子撞窝了！

康玉文耳听五爷迭声骂道，小兔崽子打着老子的名号胡充大头，说粮能搞到，药也能搞到。

徐家主母一面替五爷拍背顺气，一面劝。

五爷没好气地丢个后脊给主母，一面啐道，慈母多败儿，你当我不晓得，背着我倒贴给他多少？书是白读了，当初不如绑在家里！

主母一愣，顿足哭起来，当初去笔架山，也是你做的主，这会子又来怨我。我一个妇道人家，不如你们经见过世面的，好了歹了你只管骂我。

哭哭哭，我还没死呢！五爷心烦地直挥手，枯瘦的臂在空气里划出大半个合不上缺口的圈。半晌，眉眼耷拉下来，软了声气道，好了好了，我自然也派不着你的不是，你也莫哭了，咱们好生想个法子，把这家撑下去是正理儿。

主母仍旧哭哭啼啼，拿帕子搌了眼角说，左右我一个妇道人家，不懂什么泼天的道理，你们父子两个，都是主意大的……

说那没用的！五爷掐了主母怨艾的话头，双手交握着指节，发出咔吧咔吧的声响。

你有用，和县衙、军门都攀得上交情……主母气鼓鼓地顶五爷一句，随即住了口，方想起来，徐伯怀自是得了家门倚仗，这才倒行逆施地“要挟”生身父亲。真是作孽哟！主母叹一声，又垂下泪来。

康玉文躲在门后听一半，猜一半，也不很明白其中的关节，只模糊听出大概意思：徐伯怀加入了共产党，翅膀虽还不过硬，却挓挲着要飞，五爷竟毫无办法。她想徐伯怀或许有哥哥的消息，若是能见上面细细叙说就好了，不过终究也很渺茫，一时索然，自拿了一本药典去院里诵背。

院墙上的凌霄已开得如火如荼，红红地缀成一片，望去如一团云霞，映得少女的脸庞愈发红润。康玉文走一步念一步，踏一块砖，便背一个药名。青砖上雕着莲花，她闭了眼，心里量出一尺半的距离，每一步跨出去，秀气的足尖都堪堪踏在莲花心上，竟半分也不差。冷不防徐仲怀推门进来，咋咋呼呼道，你还背什么药典，学堂里已经罢课了，大家都去革命吧！康玉文啐他，你又胡说什么，爹在家呢。徐仲怀吐吐舌头，收声低眉道，今日有人拿了本《醒狮》杂志去课堂上，叫先生抄了。先生还说，若再有这样的带到课堂上来，大家都不要上课啦，整个学堂都叫督学查抄了。话音未落，五爷咳一声，撩长衫踏出房门来，徐仲怀赶紧缩颈打个招呼，抱了书袋子一溜烟钻进厢房。

五

五爷和主母商量的结果，是送徐仲怀入黔，远远地送到都匀炮兵学校去。

五爷托人写了荐书，塞在徐仲怀的藤箱里，临行前仔细嘱咐，出门在外，一切都靠自己，慎言笃行总是不错的。哼一声，又道，山高水长，各自珍重吧。金丝夹鼻镜后面一双忧心忡忡的老眼，害了病似的，揉得通红，言语却硬。徐仲怀敛了往日的顽皮，垂首立在一旁，五爷说一声，他便乖顺地诺一声。

去贵州是虚报了年岁的，主母担心仲怀年纪幼小，乏人照顾，恐有差池，他自己倒很得意，摆出兄长的架子，交代康玉文，我和大哥都顽劣得紧，不中爹的意，只有你这丫头，说话做事都妥帖，又肯听话，人家说什么是什么，从不肯回半句嘴的。若有什么不开心，只管写信来，我与你排解排解。康玉文便笑，我有什么不开心的？徐仲怀极认真道，我知道你是个心思重的，只是不说。康玉文呆了呆，啐道，偏你知道！低头推他上了船。徐仲怀提着藤箱，挥手喊一声，再会！康玉文眼窝子一热，别了头去伏在主母肩上。主母早已哭得个泪人儿似的，心啊肝啊地唤着，惶惶不舍。无奈山水迢迢，一路总要徐仲怀自己去走。埠头上游人如织，市声繁华，南来北往的客商熙攘不绝，大有太平之象。那饱胀的春水吃透了阳光，点点金鳞，浮荡耀眼。只见波光载着欸乃的舟楫一路向西，渐渐隐了身后的山色。

送徐仲怀回来，五爷像是了结了一桩心事，又像是陡增了一桩心事，出门进门，眉眼都压得低低的。主母也是难开笑颜，富态的身子瘦了一圈。康玉文摸不透五爷和主母的计较，也看不清三尺之外，朦胧觉得，很多事像是喧嚣的凌霄藤下覆住门楣的宅院，走进去，才知道深浅。可她偏偏只能徘徊在外面。

祖父和哥哥在她的梦里越来越模糊了，间或还有凌乱的梦，这零散而断续的梦境，让她与山里不时传来的消息有着莫名的关联。譬如，徐家的医馆成了便衣队的交通站。五爷为此大伤脑筋，但也未能下定决心与自己养下的小兔崽子决裂。父子俩曾有过一段对话，让康玉文半喜半忧。徐伯怀说，我们能破一回城，就能破第二回。五爷眯缝着眼说，看把你能耐的，这城看着气派，王大花鞋不也破过哩。徐伯怀嘴犟，那能一样？王大花鞋的枪会是封建会门组织，我们是人民的武装。五爷一翻白眼，哼，都一样，上面都说是闹匪。徐伯怀激动起来，什么是匪？官逼民反，民不听话了，在官的眼里就是匪！五爷一拍大腿，哦，你也不糊涂，晓得跟官斗的，就是匪。徐伯怀哈哈一笑，如今你也是“匪属”。五爷呸一声，老子早叫你这小兔崽子给卖了。说这话时，父子俩掩着门，酒酣耳热，康玉文端菜进去，见二人勾肩搭背的，倒像是一对兄弟。

康玉文悄悄问过徐伯怀，可有她哥哥的消息。徐伯怀咬着腮帮子说，大部队虽转移了，但游击队还在，共产党还在，她哥哥肯定在。

那么什么时候能重逢呢？

胜利的那一天！

模模糊糊地，有个种子样的念头埋在康玉文的心里。

攀了满院的凌霄开了又谢了，谢了又开了。康玉文已经把一本药典背得精熟，仍旧舍不得放下。闲来无事，她总捧着书，一步一步地在院子里逛，心里比画着地上一块块青砖的距离，拿足尖踏莲花心玩儿。那一朵朵绽在青石板上的莲花，被鞋底子磨得油光水滑，纹路渐浅，像是经年的往事，一年一年，一月一月，叫好耐性的时间汰洗得不那么清晰了。

徐仲怀写信来，说是升任了炮连少尉观测员，问家里好。五爷颤巍巍地合上辗转千里方至的薄薄一纸书信，闭了眼喃喃自语，好啊——好……突然喉咙深处痒得厉害，大咳不已，猛睁开眼，抚胸喝了一盏茶水，仍是压不住。他近来身子大不如前，勉强给自己开了药，也不见如何轻省，常咳得夜不能寐，痰里还夹着血丝儿。康玉文说，爹，你歇了吧，我替你出诊去。五爷喘息着说，我这把老骨头呀，身子越发贱了……咳咳，我自然信得过我儿，去吧，日后也不必事事都来问我。康玉文惶恐道，爹说哪里话，不论家里的事，医馆的事，全凭爹拿主意。五爷颓然地摇摇手，你们都大了，我不敢说我安排得好，总归是尽了心，使老徐家不至于落得太坏的境地罢了。

康玉文背了药箱出门，心里还念着五爷的话，越惦记，越觉得心慌，心坎儿上像是长了一蓬杂乱的蒿草。街巷里人来人往，头顶一颗大太阳明晃晃的，把所有的影子都砸在脚底下，每个人只能踩着自己向前。沿途有人跟她脱了帽打招呼，康小姐，去出诊哪。她笑笑，隐约觉得面熟，却想不起名姓来。这几年，城里的人倒有一多半都识得她。五爷说，日后若他走了，医馆也只有交给她。几个孩子追逐着，从她身边擦过去，她侧了身子稳稳神，不让他们如风的脚步带倒。日脚走得飞快，转眼就到背后了，影子在面前拖得长了些，康玉文刚要踏出脚去踩它，它便又轻巧地溜出一尺开外。

城墙上原本高高地张贴着国民政府的绥靖公告，这时已叫风雨揭了去，山里的野火还没剿灭，小日本就打过来了。这回城破得更快，王大花鞋倒戈成了维持会长。都说王大花鞋这样的，断不是“凡角”，他那七窍玲珑心，既不是红的也不是白的，竟是黑的。破城那天，康玉文又开始跟着众人“跑反”，乱纷纷的都是腿，到处哭爹叫娘，呼儿唤女，恍惚又是多年前的景象。只是这回她身量高了，看得见更远的地方。远处，山高林密，蓊郁的松竹覆盖着一层层望不到尽头的峰峦，单是用眼光摸一摸，就得费上好一会儿工夫。这么地大物博的好河山，眼睁睁落入小鬼子手里，不能够！康玉文激动地想，哥哥还在，就在这山里头，她得去找他。

五爷抚胸喘一阵，定定看着她，说，也好，你去找伯怀。徐家主母没什么主意，颠着一双小脚走不快，只能落在后面。五爷瞧一眼因为畸足而痛得龇牙咧嘴的主母，又凄然说，如今，我们两个老的都是拖累，你只管往前走。康玉文舍不得，扑闪着睫毛望向五爷，五爷却挥手赶她，去去去，我养了你十年，也够啦。现如今谁也顾不上谁，我手里只剩几个养老钱，找处清静地方，此生便罢休了。你若见到伯怀，能记得徐家的情意，和他开枝散叶，那是最好不过；若是没有缘分，也就罢了，乱世飘蓬，自求多福吧。徐家主母拉着她，默默流了会子泪，狠心一丢手，好孩子，去吧。

六

康庄还是多年前的样子，又不是原来的样子了。房子不知烧过几回，人也不知跑掉几茬，老康庄早就风流云散，不过康玉文心里还存着侥幸，再说她也不知从哪儿找起。

场院还在，然而，似乎小了好多，她拿脚掌细细地量了一圈，先前有上千步的，眼下只剩几百步了。是啊，她如今往前迈一步，抵得上九岁时两步还多呢。当初，就在这儿，哥哥呼呼地舞着石锁，眉眼威严，门神似的，两臂上肌肉绷得铁紧，像是随时要爆裂开来。周围一圈好兄弟，噼啪地拍着巴掌，迭声叫好。那比新出炉的烧饼还热乎的声音，在康玉文耳边绕着，风扬起来，吹出好几里地去。

算是没白跑，见着几位庄上的老人，他们都还记得她，只是不敢认。问到祖父和哥哥的情况，有人说她哥哥跟着部队北上了，也有说战死在山头外的四道河的。又问是什么时候的事，那人抓耳挠腮，咧着嘴说，你也知道，年岁都是乱的，谁记得清哩？是记不清了，康玉文也记不清那年春上的事了，只记得秋后和祖父跑散了，再没有康庄的消息。

祖父倒是确定无疑不在人世了。想得见的情形，孙子孙女都不在身边，又老又贫的，撑不下多少日子便殁了。左邻右舍看着可怜，但也没有多余的力气管闲事，只能一张破席子卷巴卷巴，草草埋了。这已是天大的恩情。康玉文谢了人家，摸到祖父那座浅浅的坟茔上，狠狠哭了一场。那天风疾，天上流云变幻，她哭一声，云就变个样儿，鸟呀，狗呀，马呀，兔呀，捏来攒去也没个正经的形儿。哭声高高低低，云也分分合合，像在空中变戏法儿。哭累了，云也散了，她坐在坟头上，望着莽莽林海，早些年就埋在心里的那个模糊的念头，渐渐变得清晰起来。

她要去找共产党。这么大的林子，这么大的天下，找一支队伍，总比找一个人容易。她抹了把脸，泪早就风干了，巴在脸上紧绷绷的，像是戴了个面罩儿，风再吹过来，再冷，再硬，都没了感觉似的。她不怕山风，小时候便吹惯了，迎着风站起来，她抖擞一下精神，腰身笔直，像绽在风里的一枝骄傲的野花。

映山红开遍山岭的时候，康玉文已经是新四军的一名女医官了。她随身带着那本厚厚的药典，尽管每个条目都早在脑海深处滚瓜溜熟，也不妨碍她每日里毫无餍足地对着它，颠来倒去地研读。身边的人都笑她，说情人眼里出西施，康玉文是女医官的眼里出药方子。她晓得她是他们嘴里善意的笑话，便也跟着抿嘴笑。她钻研出来的药方子可管用。山里缺医少药，连手术刀都是兽骨磨出来的，巧妇只能做无米之炊。康玉文有西医的底子，又会搭配中草药，有些紧俏的药品，她随手采来野药草替代着就能用，可见蕙质兰心。她在部队里声望很高，伤病员就不说了，就连附近的群众，也都赞她是“菩萨般的一颗善心，菩萨般的一双巧手”。有人认出她，这不是“洋五爷”家的康小姐吗？康玉文还是抿着嘴笑，一手抚着产妇的肚子，一手往产妇的下身探。那调皮而倔强的孩子原是不肯出来的，这时却在康玉文的抚摩下，由母亲的身体里探出了黑乌乌的一个圆顶，先是鸽子蛋大，再是鸡蛋大，渐渐有鹅蛋那么大了……康玉文笑眯眯地对产妇说，头发真好。产妇虚弱地笑笑，有康小姐在，比自己男人在身边都安心哪。男人在屋外搓着手，竖耳听房里的动静，也跟着不好意思地嘿嘿笑，那是，那是，我又替不了你，康小姐这双手，至少能帮你少疼上几个时辰哩。

只是哥哥的消息依旧渺茫。

山里的夜黑魆魆的，风一吹，林子哗哗响，像是潮水奔腾，康玉文也止不住思潮如涌。哥哥还在吗？打了这么多年的仗，白骨都堆成山了，哪块石头下埋着哥哥的骨殖？还有徐伯怀，她到处找他，也打听不着半点消息，好像是一滴水汇进大江大河里，或许，早就蒸发了，一点痕迹都没留下。但她总记着徐伯怀的话，他说共产党还在，她哥哥就一定在。那么，他也还在。

战火铺张地燃烧在中国的大地上，铁蹄下有呻吟，也有抗争，这片山，这片水，都已经伤痕累累，可春风一吹，又绿得生机盎然。

康玉文也学会了打游击，腰里别上枪，猫着腰钻林子，剪铁丝网，炸碉堡，搞掉小鬼子的运输线。她原本细皮嫩肉的，现在也粗了，野了，叉着腰喊一嗓子，大嗓门儿能翻个山头。枪炮隆隆，硝烟滚滚，她可不能轻声细语地说话，况且是在自己的土地上，就得狠，就得硬。有次到敌占区搞药品，她意外地见到一个“熟人”。那人手执文明杖，一身灰呢暗纹西装熨帖挺括，黑色礼帽压住花白鬓角，露出衣袋的半截金属怀表链子闪耀着质地精良的弧光。要是没有左颊上的那颗大痦子，康玉文未必记得起他。偏这么多年过去，痦子还在，这印记让她想起来，那年叔父领着她，没头苍蝇似的在县城里转了好几圈，见了几个所谓的“要紧”的人，其中就有这个大痦子。她缩头缩脑地躲在叔父身后，那人还探身看了她一眼。

他并不记得她。

她盯着他的痦子看了好一会儿，搜索着混沌的记忆。他微微诧异地扬了扬眉毛，把鼓鼓囊囊的药品包塞到她手里。快走吧，他压低声音说，出城的时候当心，只有酉时这班岗是我们的人。她想多问他两句，一时又不知从何说起，况且就要关城门了，血一样的残阳落下来，所剩无几的时间根本不允许她逗留。

这人以后再没见过。

像是被捅了个窟窿，她心里空空地想，当年，自己或许并不是被“卖”到徐家的。

七

康玉文同志，这是个非常艰巨的任务，组织上把这个任务交给你，就是对你充分的信任，你不要有任何顾虑。政委的话犹在耳边，康玉文夹着一只碎花包袱，蹒跚地走在通往县城的官道上。天干物燥，尘土飞扬，她皱眉掩住口鼻，一路心事重重。

前面就是城门楼了，栉风沐雨地耸了千年，从它胯下走过的人和车马不可计数，然而从没有这样一个看起来普普通通的年轻女人，让它感到如此深深的不安。看样子，她经了些风霜，眉目虽算得上清秀，嘴角和眼梢的纹路却颇杂乱，它们不成章法地盘踞在她的脸上，平添了几个春秋的岁数。她并没有什么特别之处，随身的包袱里，除了几件换洗衣裳，别无他物。

女人说是投亲，执勤的岗哨便没把她放在眼里，挥挥手让她过去。紧跟后头推着一车青菜的老农倒更可疑，说不定菜筐子下面暗藏什么机关。以前有过这样的先例，从倒夜香的桶里搜出了违禁品。岗哨拦住老农，枪托探进菜筐子里搅和起来。稀里哗啦的动静让女人吃了一惊，她忍不住回头望望，却得到一声不耐烦的呵斥，快走，快走！

她没有引起岗哨的注意，按理说应该暗暗松口气儿，可不知为什么，她觉得心脏被一只大手揪得更紧了。

进得城来，街巷都熟悉，她以前在这里背着药箱走街串巷，哪里有吃水的井，哪里有卖胭脂的铺子，都一清二楚。虽说这些年不大进城，她心里还是有数的，背着太阳往西，走上一炷香的工夫，就是徐氏医馆。因是从东门进来的，初升的太阳便在身后，她踩着自己的影子，一步步走得庄重。她的注意力都在脚下了，足底延伸出的那道斜斜的黑影指引着她，竟显得有几分鬼魅。

走到医馆门口，她抬头望望，竟改了包子铺。她侥幸地想，或许组织上的消息也不很可靠，兵荒马乱的，她一心想要找的人，一个都找不到，怎么这样巧，他们还在原地等她？

她上包子铺买了两个马子菜包子，握在手里，并没有离开的意思。小店主从摞成一条柱的蒸屉后面撩起眼皮看她一眼，她讪讪地笑了笑，客气地问一声，劳驾老板，这……原来是医馆吧？小店主便也客气地笑笑，是哩，好多年前了。我盘下这铺子不过俩月。她心里一动，是哩，流年暗换，总归是好多年前的事了。口里却说，你莫哄我，上个月我走亲戚才来过的，见这店里卖的是红糖。小店主便拍着脑袋说，哦，红糖？小姐家里有喜事？她答，是哩，天大的喜事，红糖是一定要的，包子也要。老板，你这马子菜包子做得好，日后说不得要多买些，孝敬我家老太太。小店主作揖道声谢，朝她点点头，她也点点头，折了身子出来。

太阳走得高一些了，她的影子短了一大截，被哪个刀法精熟的刀客一刀砍掉了似的。几个小孩子从巷道里跑出来，嘻嘻哈哈的，追着，闹着，从她身边擦过去，简直是一股打着漩涡的水流，把她冲撞得几乎站立不稳。她定了定神，仿佛多年前熟悉的感觉——她背着药箱，邻家的小孩子们呼的一下从眼前穿过去，她只好侧身稳住脚跟，看他们快活地消失在这条巷子的尽头。不，是巷子的入口才对，这条清幽的小巷的尽头，是一座爬满了凌霄藤的老宅子。夏天时，火红的凌霄花会开满一墙，宅子便好像坐落在红彤彤的云霞上——那也是很多年前的旧事了。

愈是近前，她的脚步愈是沉重，那副厚厚的刷了桐油的门板，被恣肆的凌霄藤打扮得越发低眉顺目，看起来几乎隐没在光阴的背后。她抬手臂去叩门环，想象着自己往深潭里丢了一粒石子，良久，方有回声传来。但那也许只是她的错觉，时间被错落的心情拉长了。她听见有个陌生的声音应门，趿趿踏踏的脚步踩着青石板铺就的天井过来，吱呀一声，拉开一道缝隙。半个呆滞的脸对着她，问，你找哪个？她心里千丝万缕地乱着，反问那半爿脸，徐家，还住这里吧？

门开了，把她迎进去，下人一边引路，一边高声唤着主母，太太，有人找哩。

康玉文的热泪已经落在了襟子上。

主母看见她，呀一声，慌慌地踏出房门，少不得执手相看泪眼。当下叙了离别之情，原来那年和康玉文分手后，五爷和主母流落乡间，凭着一点积蓄和徐家散在乡下的几亩薄产度日。这也是乱世寻常的光景，算不上特别凄惶。不过五爷在三年前病故了，没能亲眼瞧见小鬼子滚出中国。五爷临终前还拉着主母的手叹，枉我一生心高气傲，能叫枯骨生肉，却是能医不自医。我是医不好自己啦，你莫伤心哟。你陪嫁过来的那张老漆雕花大床真是好，我一躺上去，就舒服得想睡觉。原想着躺在上面寿终正寝，这回可是不能够了……

主母扯下掖在斜襟上的帕子，搌着眼角说，他一直说心口疼，把我的手按在他胸前，说是能缓缓劲儿。我依了他，手搁在他肋骨棱棱的胸口上，就这样挨了一晚……他呀，到底是个没福气的，临到了，竟没一个孩子送终。

康玉文抽泣着听完，哭得更凶，倒把主母吓住了，连连哄她，好孩子，快别哭了，这是命，不与你相干。现在你回来啦，就好，就好哇。康玉文说，我没找到伯怀大哥哩。主母仰天叹口气，把康玉文的手拉过来，合在自己枯槁的手心里，幽幽地说，这也是命哪。

娘俩儿的话稠得很，说到崎岖乱世，不免唏嘘，康玉文也把自己的情况说了一半给主母听，那没说的另一半，是组织上交代的。主母说你回来再好不过，我正愁着仲怀的事。你与他从小就有话说，这件事交给你最好。康玉文听得三言两语，心下已有计较，但还是低了头说，我和仲怀兄弟这么多年没相见，也不知他还认不认我这个姐姐。自然是认的！主母将手中茶盏顿在案几上，大包大揽地说，如今家里头只有我们娘仨儿，我是生了他，他不过感我肚皮的恩情，说到从小交好，谁有你们亲？一时说到徐仲怀的升迁，眉宇间喜忧参半。

照康玉文得来的资料，徐仲怀两年前从第五战区高射炮少校中队长调任干训处长官，随后接管了本地城防。此地是受降区，徐仲怀在追剿王大花鞋的过程中，竟偶遇流落乡间的老母亲，这才接回故居赡养。徐家主母对战争极为反感，所以儿子因战事而高升，她并不大高兴得起来。

打仗么，哎呀，总归不是好事，见天儿地打过来打过去，也没个头。这与打日本人又不同，我老眼昏花也还看得分明，他哥哥说不定就在对面哩，啊呀，你说我可是痴心妄想？还想这样的好事！我这些年想伯怀也是想疯了……主母颠三倒四地叹道，话又说回来，仲怀也是我心头的肉哇，我哪里想到这辈子还能再见到他，真真是做梦一样。可到了眼前，他又给我添堵。你是知道他的，从小就比他哥哥讨嫌，这么多年独个儿在外面，更是无法无天了。你想我们这样体面的人家，怎么能让一个草台班子里唱野调儿的进门？老话儿都说，婊子无情，戏子无义，我只怕他昏了头，叫老徐家没脸……

康玉文在一旁默默听着，并不插话，只是不住点头。

八

徐仲怀私讨的腌臜外室安在南街上，不与徐家相干。康玉文倒是去看过一回，主母置气说，你去看她做甚，没的脏污了眼睛。康玉文劝道，那人是好是歹，咱们姑且不论，到底她给徐家生了个儿，我也当得起一声姑母。这是看在孩子的面儿上，您消消气。主母仍旧冷了脸说，这孩子我也还没空计较呢，仲怀尚未娶妻，哪来的孩子？

改日康玉文掩了门，又与徐仲怀深谈了一回。

徐仲怀一脸泼皮相，哈哈大笑说，我那天吃了酒，头晕得厉害，也不识得她是戏子还是良人。后来嘛，稀里糊涂就收下了。我这样的，也不想祸害好人家的姑娘。康玉文说你这样可伤娘的心，她如今全指仗你。徐仲怀摇摇手，我不过是个兵油子，命贱得很，徐家的门楣，我担不起呀。康玉文打掉他的手，啐道，若是伯怀大哥在，自然轮不到你，可你现在想躲，怕也躲不掉。徐仲怀吊儿郎当地晃着身体，马靴点在地上嘚嘚有声，我就不信你不知道我爹当初的计较，哈，他是个老滑头，心想，既有一个叫共产党勾了魂去，怎么也拉不回头，这可难办！哎哟，只能两边都不得罪，再送一个给国民党，求个万全，日后不管哪边坐稳了江山，老徐家照样体面。康玉文直皱眉，你什么都知道，怎不知羊有跪乳之恩，鸦有反哺之义？爹后来那几年，你们都走得远，便只有我看到他有多难，有多痛。我只恨没能尽孝，陪他走完最后一程。

徐仲怀呆了一呆，低头道，扯得倒远，你要怎样，难不成叫我把那女人和孩子都赶走才算数？康玉文缓下口气，看着徐忠怀说，我也不要你怎样，怎样都是你的选择，左右不过是你要不要这城里的百姓日子好过一点。徐仲怀一拍桌子，冷笑道，你果然是共产党的人！

我是不是共产党有什么关系？康玉文索性敞开了说，我只说一样，你掂量掂量，国民党还有几天好蹦跶？我不会别的，只会给人医病，这都是爹教的，我一辈子也忘不了他老人家的恩情。老这样打来打去，受苦的是咱平头百姓，我救一个，赶不上你们杀一百。老实说，你的城防图，我是没本事拿到手；若你割了我的头去挂在城墙上，我也没话说。你我姐弟一场，缘分算不得浅，钝刀子割肉没意思，散也散得痛快。

说了这番话，康玉文长舒一口气。徐仲怀斜眼觑她，阴森道，可有这么如意的算盘？康玉文变色道，你待怎样？徐仲怀古怪一笑，指节扣着桌板，一字一顿说，他们把你送来，是要你死呢，还是要你活？康玉文心口突突剧跳，却仍旧装糊涂道，什么要死要活？徐仲怀哈哈大笑，猛地站起身，手一挥，大步踏出房门去，那高大的背影在门口顿了一顿，玩世不恭地丢下一句，你是我的人，少听他们放屁！留下康玉文木木地呆在门后。阳光从窗棂的花格里透下来，将她苍白的一张脸染上淡金的晕。

宅子叫荷枪实弹的警卫给围上了，铁桶般严实。

主母问，这是做什么？徐仲怀说，近来母亲大人要小心为上。好在有玉文陪你，我也放心些。康玉文冷眼见徐仲怀一副扬扬得意的样子，一时拿不准他有何盘算。有心去包子铺买两个包子，竟也是不能了。康玉文心道，我早和组织上说我做不来这样的事，无论是偷城防图，或是策反徐仲怀，连一成的把握也没有。那小店主见我几日不去，必也知道事情已然败露。横竖当我死在这里，也没什么遗憾啦。

她既已抱定破釜沉舟的决心，倒十分坦然，该吃便吃，该睡便睡。谁知过了几日，徐府竟张灯结彩起来。主母喜滋滋地跑来对康玉文说，我当你俩玩什么花招，原来竟背着我把这事定下了。这样盘算也是好的，你公爹若在，必也欢天喜地。只是仲怀说战事吃紧，一切只得从简，怕是委屈了你呢。我想这也没什么，都是自家人，里子比面子强得多，我又不像你公爹，爱打肿脸充胖子……主母连说几次“公爹”，康玉文惊愕不已。主母嘿嘿笑起来，我也说还是叫爹的好。话还没说明白，猛见徐仲怀一脚跨进门来，喊着康玉文的名字，促狭一般高声叫道，我说什么来着，你是我的人！说罢笑得前仰后合。

打眼瞧去，满院子都是红色，墙上的凌霄也凑趣儿似的开了，鲜红的一朵，两朵，三朵……压得藤蔓更低了些。红的花烧着了绿的叶，蔓延出一场火红的庆典。远远看过去，凌霄藤柔软的身躯紧裹着坚硬的墙壁，风一吹，墙在动似的。

康玉文原先住的西厢房变成了婚房，从窗口能看到两个人的剪影。烛火摇曳，影子摇摇晃晃的，宛如喝醉了酒。徐仲怀在灯下饶有趣味地盯着康玉文的红脸，不禁扑哧笑出声来。康玉文说，你这混账东西，到底打的什么算盘？徐仲怀托了下巴，嬉皮笑脸道，这些年你风餐露宿，可老得多了，不过我不嫌你。康玉文愠道，我老不老的，与你什么相干！徐仲怀点点头，说，原是没什么相干，我们都这么多年没见啦，中间隔着千山万水，又不光是隔着这些山，这些水……哎，老话说，井水不犯河水，可他们让你到我这儿来，不就是与我攀交情的吗？康玉文翻他一个白眼。

半晌，二人无话。

大红的喜烛流着泪，爆了个灯花，徐仲怀从衣袋里摸出个玩意儿，递到康玉文面前。

一排空弹壳，用红色的丝线绑了，做成个口琴模样。康玉文一呆，看看徐仲怀。徐仲怀笑笑，送给你，做个纪念吧，若是城破了，我也没了……他说得凄凉，越笑，越凉。康玉文哭起来，你不要说这样的话，既让我嫁了你，又来脱干系……

徐仲怀把康玉文揽进怀里，柔声道，没有的事，脱不了这干系。我知道你以后的日子也未必好过，但这样的事，除了你，我求不了别人。

康玉文抽噎道，我要你求什么？就是没有嫁你，我们总归也是一家人。

徐仲怀闭上眼睛，痛苦地呻吟，一家人，啊，一家人，就是这个道理，所以他们让你来找我，所以，我不能杀你，也不能放你……

康玉文埋头在他怀里，起初听着他的心跳，渐渐和自己合成一个频率，只觉得心里也渐渐安定。这时却听他越说越奇，不禁仰起头，怔怔地看着那张痉挛的脸，远远地，似乎看到了席卷寥廓梦境的风暴正呼啸而来。

九

徐仲怀一粒一粒扣上军装纽扣，又微扬起脖子，一丝不苟地系上领口的风纪扣，然后笑着对康玉文说，我走了。康玉文扶着床沿，想站起来相送，腿一软又坐了下来。昨晚该说的话都说尽了，她还是没有说服徐仲怀投诚，尽管在同一个屋檐下他们水乳交融，但跨出这个院子，信仰却泾渭分明。我是军人，徐仲怀说。

破城那天，康玉文抱着孩子瑟瑟发抖。她并不是害怕，却觉得浑身冰冷。那婴儿还不满一岁，抱在手里肥肥白白的，睡得甚是踏实。康玉文撕了布条塞在他耳眼里，震天的枪炮，不过让他眼帘上浓密的睫毛轻轻颤动了一下。

孩子的生身母亲，那个草台班子里唱野调儿的，早就卷了细软跟一个侍卫官跑了。这也都在徐仲怀的意料之中，他原不指望她是个节妇。徐仲怀和康玉文成婚后，孩子便被抱回了徐家，日后在这个乱世婴儿的记忆里，可能不会存有母亲被替代的那部分生命细节。康玉文抱着孩子，像是抱着一块稀世的瑰宝。他在她怀里沉甸甸的，满满的一抱，肉滚滚的小身子抵着她枯瘦的胸膛，使她的身体也饱满起来。她看向他静谧而深沉的睡眠，看到那梦底的和平与宁静，隆隆的炮声都远了……

据说徐仲怀战死在城头，浴血的狰狞模样让人心生敬畏。

“我不过是个兵油子。”康玉文还记得，他把那排缠绕着红丝线的空弹壳递给她时，玩世不恭的慵懒笑容。他懒洋洋地笑着，像当年那个偷酒的少年一样。他促狭地在她面前虚晃一下巴掌，然后那作势一劈的手掌竟莫名其妙地跑到她的耳后，撩起了她慌乱地跑到额前的一绺碎发。

主母坐在门槛上号啕大哭，为自己喊冤。有个粗眉大眼的壮年汉子走过来，耐心地劝，老太太你莫急，问题都会搞清楚的，你先回屋歇歇。我歇不下呢，你们把这院子都翻烂了。主母失神地立在檐柱边，于天井处投下的一束光圈里摇摇欲坠，一副恍惚样子。

康玉文劝主母，您如今是做奶奶的人了，凡事要想开些。您瞧这孩子，白白胖胖的，多可爱。主母把孩子接过来，抱在怀里逗一会儿，叹道，我看到这孩子，才觉得有些滋味。我们家这些男人，个个都是主意大通天的，留下我们孤儿寡妇，苦巴巴地守这么一副烂摊子。伯怀这孩子就不说了，我最后见他那年，他二十一还是二十二？一句话都没留下啊，就成了断线的风筝……仲怀养在我身边的日子也浅，我记得送他去贵州时，他一张雏鸭嗓子还没完全变过声儿来呢。这好不容易才重逢，转眼就永诀了。我只恨那时为什么要听你爹的，平白把他放出去那么多年……说起来，你爹这人，心细得很，事事想在头里，真是把几十年都算尽了。临走的时候，还死活要我把伯怀当年给共产党办差的借据单子都收妥当。我说，如今人都这样了，还留那些东西做什么？他说，总归是有用的。

主母的话絮絮叨叨，远的近的，都扯出来揉成一团。康玉文耳听那流水样的往事，心里搅扰着复杂的滋味，有句话顶在喉咙眼儿，痒痒的极不舒服，终于咳嗽一声，装作不经意地吐出来，娘啊，我当初……被我叔领来的时候，您还记得不？主母眉眼弯弯地一笑，记得可清楚哩。你刚来家的时候，小脸尖得跟锥子似的，黄毛寡皮的也不打眼，我却想这是菩萨送来的，体恤我没个姑娘，必得好好地养下。我说得可准？不过调养了几个月，你便白了胖了，越发的漂亮，远近哪个不说我养得好？到后来，全城都知道五爷家的康小姐，说你一颗菩萨心，一双菩萨手，也不枉你爹悉心教你。要说你爹的医术，原是家学渊源，祖上就是杏林高手；再则，他又上法国正经地读过医科，比起省府医学院的那些个大教授，也是不差半分。可惜咱家那两头货，竟没一个肯承继衣钵，叫你爹好不伤心。亏了有你，是个贴心的，我夫妻二人关起门来，都说抱养的这个闺女倒比亲生的儿子更亲些……

康玉文原想问问主母，徐家和叔父是怎样认识的，这么多年，她对叔父把她“卖”给徐家这件事，到底耿耿于怀。那么当初她来到徐家，究竟是意外，还是另有隐情？是组织上的安排，还是出于革命同志的私谊？但主母兴兴头头地拉呱了一大圈儿，似乎并不清楚其中的关窍，对于康玉文为什么来徐家，多年来主母好像一直这么欢喜地糊涂着。照主母的话说，总归是个命，你命里头和我有一场母女的缘分。这话拆开了说，就是——你怎么来的，又有什么分别呢？此地原就有这样的传统，若生了孩子养不起，或是不愿意养的，便放在竹篮里顺水漂走。当年的康玉文，在命运之河里，或许就是这个篮子里随波逐流的孩子。

起风了，康玉文替怀里睡着的孩子拉拉肚兜，低了头想心事。

康玉文知道，那晚，她到底是把徐仲怀说动心了。

那晚她绞着喜幛，对新婚的丈夫说，你不仅仅是个军人，还是一个做父亲的人，是娘的儿子，现在也是我的丈夫。摸着良心想想，你马革裹尸固然死不足惜，可若是打起仗来，这城里有多少孩子、多少母亲、多少妻子会遭受池鱼之殃？我什么也做不了，但你可以选择。

枪声响起来的时候，康玉文抱着孩子瑟瑟发抖。她并不感到恐惧，只是沉溺在无边漫漶的悲伤当中。那不过是一场滑稽的仪式。照徐仲怀的说法，日后若有人编纂县志，写到城防官徐某人一节，不以“投降”二字盖棺，便足矣。总之那颗洞穿徐仲怀头颅的子弹，射出得甚为及时，几乎是野战军的冲锋号一响起，徐仲怀便瞪着双目倒在了一片血泊之中……但这些曲折，说出去谁肯信呢？就连康玉文也怀疑，徐仲怀那天早上离家的时候，尚且抱着极为复杂的心情，“老子上战场从没含糊过，”他恶狠狠地对她说，“都说子弹不长眼，子弹也怕不要命的。”她知道他打小鬼子打得凶，身上背着赫赫战功。无言的她抚着房间里他留下的最后的气息，想象那个油嘴滑舌、身体里却铸有一副铁骨的男人双目圆瞪倒在黎明的血泊中的样子，不禁怔怔地流下泪来。

徐家的那座院子，渐渐成为一个暧昧的符号，门头早叫凌霄爬满了，低低地压下来，随季节的不同，红一片，绿一片。开花的时候，康玉文会抱着孩子摘那墙头的凌霄花。孩子起初是咿咿呀呀地学话，渐渐说得清楚了，凝神去听，孩子说的是：穿锦衣，戴红花，叫一声，惊我家。康玉文说，错了，是“惊万家”。孩子哼哼一声，接着说，惊万家。红花落下来，孩子伸手去抄，不久便兜了满襟，小公鸡似的咕咕地笑。身后一轮初升的红日，斜斜照过来，在爬满藤蔓的墙上投下羽状的光影，每一朵花都好像要飞起来。

黄昏里的男孩

我是在一个夏日的黄昏抵达小镇的，镇上没有我想象中那种热火朝天的喧腾，但也并不特别枯寂。有一些人走来走去，三三两两的，偶尔会说上两句话，显示出生活的盲目和随机。一些摊子不规则地散布在街边百无聊赖，覆盖着经年的灰尘，饮料盒、方便面袋子、明星画片和廉价小首饰上都落满了一层可疑的岁月的证据。如果我不翻看手机上的日历，会误以为穿越到了二十世纪，这样我就走在二十世纪的边境小镇上，见证了某种在时间深处逝去的风情。

我身上的背包已经有些破旧了，这些年我背着它走遍了边境线上的每个小城镇，在每一处经过的地方徘徊彳亍，像警犬一样用鼻子去侦缉每一种可能。但都一无所获。我没有灰心，我很小的时候就启动了我的决心，不找到他决不罢休，就算这辈子没可能见到他，总还有下辈子，下下辈子，我就不信他躲得了那么久。除非他从未存在过。

他当然存在。这个混蛋！我母亲这么骂他，他当初来到她的世界里向她求欢，苟且之后还有了我，但不久之后就消失了，像从未存在过一样。我母亲告诉我，你不如当他死了。我却从小伙伴的嘲笑和街坊邻居的窃窃私语中理解到另一种含义，他没死，还活得好好的，只不过换了个地方，换了种身份。这些我都不在乎，我只是想知道他到底长什么模样。每个人都有父亲，我也不例外，所以我想看一眼我的父亲，告诉他："我从一出生就开始找你了。"然后从他面前昂然走掉。

一刻也不停留地走掉。

据说我父亲给了我一双三角眼，还在我脸上留下一挂香肠似的厚嘴唇。看到这些我母亲就生气，但她又没办法不喜欢我，因为我挺直的鼻梁、浓密的眉毛和近乎完美的流线型鹅蛋脸都是她的杰作。她把我父亲的照片都烧掉了，所以我只好对着镜子里的三角眼和厚嘴唇在心中摹绘他的样子，以便多年之后走遍千山万水去寻找这个莫须有的男人。

他曾经出现在边境的某个小镇上，这是我得到的唯一有价值的线索，所以，我把边境上的小镇都走了一遍。得到这个消息，还是二十多年前的事，那时我七岁，有人劝我独居多年的母亲往前走一步，因为"那个混蛋已经在那边有了老婆孩子"。我母亲没说相信，也没说不信，她只是抓住刚从门外疯玩回来的我，使劲地用一条湿毛巾在我前胸后背和大腿小腿上抽打附着在衣服上的灰尘，啪啪有声，边抽，边骂："你还知道回来呀，你怎么不死在外面！"说实话，我母亲抽我的力度还不够我淌眼泪，所以我只是扭着身子，嗷嗷叫唤："二蛋他们都回家了么，我也回来吃饭么。"我母亲气极反笑："你倒不傻呀，知道吃饭要找亲妈。"

这印象极深，我好像就是从那时候起，知道亲妈和后妈是不一样的，推而论之，亲爸和后爸大概也不能一样，所以我母亲从未起过心思给我找个后爸，我非常尊重她的选择。

我母亲把我养到十八岁，我如愿以偿地考上大学。

其实也不是我如愿以偿，应该是我母亲如愿以偿。她多年的心愿就是培养一个优秀的儿子，考大学能证明我的优秀，所以她十八年来的努力都是朝着这个方向做加速运动，越是逼近高考，越是加强教育："你长点出息，好好考哇！"

我考得不错，她笑了，笑的时候细密的鱼尾纹在脸上荡漾开来，我忽然发现她那张好看的脸竟沧桑得犹如盛唐时代留下来的敦煌壁画，随时要剥脱的感觉。

果然，她笑着笑着，眼泪就掉下来了，一个字、一个字莫名其妙地往外蹦："你看我把你儿子养得多有出息，你看不到了吧？你没那个福气！这是我的儿子，我的！"

我看着我母亲，她的带泪的笑和带笑的泪都让我惶惑，这么多年，我还以为她把我父亲忘掉了呢。她很少提他，提起来也是捎带着鄙夷和不屑的表情，好像有他没他都那么回事儿。"想你爸吗？"她心情好的时候也会问我。"不怎么想。"我通常都这么回答。因为确实不知道想父亲是怎么一回事，好像打我记事起，父亲就已经消失了，根本没来得及在我年幼的心里埋下思念这种玄妙的东西。

但我知道我是有父亲的。

这个执念一直阴魂不散，以至于后来好长时间我都无法放下。大学一毕业，我就开始策划如何寻找父亲。我母亲听说后，疯狂地笑起来："你找他？你找他干什么呢？你需要一个父亲的时候已经过去了，现在你的任务是找个好老婆，然后自己成为一个父亲。"

我承认我母亲说得极有道理，她独自一人把我培养成大学生，就说明她是一个多么明理的人。她不会被感情左右。她总是跟我讲道理。她说自己年轻的时候，因为不讲道理，光讲感情，所以吃了天大的亏，这个巨大的亏空，一辈子都难以弥补。

我听了我母亲的话，暂时放下了寻找父亲的念头。倒并不是我信服她的道理，而是，我不能违背她的感情。这还真是矛盾。

一直到两年前，我母亲无疾而终，我才终于把藏在床底下很多年的背包掏出来。

说起来我母亲是个有福气的人，她在睡梦中笑着上了天堂，这回脸上没有挂着斑驳的泪。她这一辈子走得艰难，但并不像别人想象中那么压抑。她是个敢爱敢恨敢哭敢笑的人，认准了一条路，就闭着眼走到黑，心无旁骛，目不斜视，倒比常人多出十分的简单和痛快。我平静地葬了她，平静地背上包，踏上寻找父亲的旅程。

我在一个夏日的黄昏抵达了边境小镇。这个小镇和我走过的无数个小镇没有什么区别，平庸，琐碎，人和物事都镀着一层气味陈旧的包浆，摸上去又滑又凉，像是被时间扔在深处的一条蛇。

这条蛇早就僵死过去了，任后来在它身上加诸什么样的创伤，都没有任何生活反应。直到一个男孩从黄昏的小镇上跑过，它仿佛一下子苏醒过来，嘶嘶地吐着信子。

啊呕——啊呕——

男孩一边跑，一边发出这样畅快的声音。我看着他在一轮下坠的太阳上面奔跑，脚底生风，像是踩着风火轮的红孩儿。只是没有两条小辫儿，他顶着个西瓜太郎的发型，齐刘海儿盖在脑门上，无论从前后左右哪个方向看过去，都像扣了半个西瓜。

他跑过的时候，我们俩短暂地对视了一眼，相互都有些吃惊。

好像是照镜子的感觉，我看看他，他看看我，一双三角眼和一挂香肠似的厚嘴唇，在彼此的瞳仁里油然而生，竟然那么自然。

不过他跑得太快了，我还没来得及招呼一声，他已经从我眼前倏忽而过，小马驹儿一样撒着欢跑远了。我就这么怔怔地看着他一路远去，在视线里一点点变小，越来越小，越来越小……当他变成一粒豌豆那么大的时候，忽然一阵浓重的睡意席卷了我，我心想坏了，刚想伸出手去，把那颗豌豆拈起来，咕咚一声，我向后栽倒，就这么在马路边上无遮无拦地睡着了。

醒来时天已经透黑，我打算从地上爬起来，却发现自己睡在一张柔软的床上。有人推门进来，拧亮了灯。橘黄色的灯光洒下来，照在粉蓝格子床单铺就的床沿上，几乎是同时，一个温柔的声音和灯光一起落下来："你醒啦？"

我抬起身子，望向那张秀美的脸，鼻梁挺直，长眉入鬓，光洁的额头在灯下折射出圣母般的光晕。我尴尬地笑笑："不好意思，我有发作性睡病，给您添麻烦了。"

她"哦"了一声："我还以为你晕过去了，怎么还有这样奇怪的病？"

"是有些奇怪，"我揪着床单说，"这很难解释，也许有遗传的因素。"

"你父亲也这样？"

"不知道，在我母亲印象中好像没有，不过他们在一起的时间很短。"

她表示理解地笑了笑，转而问我："这样挺危险的吧？"

"是有点，不过至今我还活得好好的，这得感谢你这样的好人。"

就在我向她表示感谢的时候，一个孩子满头大汗地跑进来："妈，他醒了吗？"

我们的目光撞在一起，那孩子一副惊喜的表情，我朝他点头笑笑。

"这是我儿子蓝朵，是他叫人帮的忙。"她把那个男孩拉到身边，目光里盛着母亲的赞许。男孩有些不好意思地躲在母亲身后，越过他母亲的肩头，闪闪烁烁地向我望过来。

"你头上磕了一个大包！"他双手圈出一个"鸡蛋"，比画着对我说，"有这么大。"

这是个很健谈的小男孩，喜欢恐龙和各式战斗机，和我聊起侏罗纪和二战的时候头头是道。不久我们就厮混得相当熟络。"蓝朵，"我鼓励他，"来一段儿吧！"这时候他就会声情并茂地背上一段《空中大战》的解说词：

——汉斯，我打中他了！

——别着急，它跑不了。

两架梅塞施密特战斗机正在围攻一架苏联海鸥战斗机。援兵意外出现，另一架海鸥战斗机赶来援救，并向敌机发起了攻击……德国人停止了对受损战机的攻击，转向新的目标。苏联战机已经身中数弹，但梅塞施密特战斗机仍无法将其击落。驾驶海鸥战斗机的是列奇卡洛夫中尉，他在战争爆发的第一天就接受了战火的洗礼……

"蓝朵，你长大了是想当飞行员吗？"我问他。"不是啊，我想当主播。”这个理想倒是让我有些讶异。“你是说做一个播音员？”我向他进一步确认。“那多没意思，要和粉丝互动哇，天天有人打赏才好玩呢。”他兴高采烈地摇着脑袋，全然不顾母亲在一旁打击他的积极性：“你就不怕被人扔臭鸡蛋哪！”“不怕呀，我可以扔回去，嘻嘻。”

据说七年前蓝朵的父亲就跑到境外去了。

“在歌厅里玩，不知怎么就和人呛起来，结果失手捅了人，只能跑出去。”蓝朵的母亲提起自己丈夫的时候，脸上的表情很模糊，看不出是悲是喜，是忧是惧。这个粗糙的边陲小镇缺乏精致的故事，人们迫于生活在边境线上跑来跑去，谁家也不特别在意别人的闲事，诸如隔壁突然多了一个外埠新娘，或者对门的男人讨了两国老婆，这样的事当闲话传两遍就味同嚼蜡了，怎耐得住经年累月的磨蚀？到最后这些新闻都成了旧闻，渐渐变成生活本身。蓝朵的父亲就是这样，提起他，所有的人都已经很平静了，包括蓝朵。

蓝朵说父亲走的时候他有三四岁了，是有些印象的，父亲把他扛在肩膀上骑大马，使他比父亲还要高些，能看到很远的地方。后来父亲离开他们，母亲就不能够做这样有趣的游戏，实在是很遗憾。不过母亲有母亲的办法，她和蓝朵扮演剑龙妈妈和三角龙宝宝，分食家里仅有的几枚烂苹果，这样就连上门讨债的人都不好意思再找他们母子的麻烦了。被蓝朵父亲捅成重伤的那家人，又哭又骂地堵在门前，蓝朵母亲低着头说：“你们看家里有什么值钱的，就搬走好了。”她抱着蓝朵，坐在门口的小凳上，老老实实、清清白白的。人家看看他们母子，又看看空荡荡的小屋，砸了一台破电视机出气，终于走掉了。

家里那台旧电视机被砸掉之后，蓝朵就没有动画片看了。所以他还是恨那些人。母亲告诉他：“你莫要恨他们，你可知道，人家的爸爸因为你爸爸再也起不来了，全家人都伤心得很哩。”蓝朵说：“那我爸爸呢？”“他呀，跑出去挣钱呗，挣了钱好还人家呀。”“那要挣多少钱呢？”“很多很多的钱，所以一时回不来了。”“一时是几时？”“三五年吧，或者更长一些……”如今，蓝朵扳着指头算起来，父亲离开有七年了。那真是很大一笔钱，不知道什么时候才能还得清。如果还不清，父亲就不能回来，他觉得自己当了主播的话，赚钱可能会快一些。

蓝朵母亲望着儿子笑，但是从侧面看过去，可以看到她发红的耳根后面，幽幽地沉淀下来一些苦涩的渣滓。

我起初赔着笑，越笑越勉强，终于笑不下去，只觉嘴里发苦，睡意蒙眬。毫无征兆地，我又咕咚栽了下去。恍惚中我那已经安息在虚无中的母亲和眼前这位年轻的母亲叠成了一架重影的老式战斗机，留在我脑际的最后一幕是，她们的机翼都遭受了重创，在苍灰的天幕上费力地拉出一道滚滚浓烟，但仍苦苦盘旋着，久久不愿坠毁……

我回到了我母亲身边。她拿着一条湿毛巾，一边用力抽打我的裤腿儿，一边高门大嗓地教训我：“长点出息吧，瞧这一身的灰！”

她抓住泥猴子一样的我，把我摁在书桌前。“还有几天考试，咹，你算算还有几天？”她的眉眼里渗出焦虑忧伤的企盼，拔丝般的破音让我的心尖儿不由得发颤。我捧起了书，把成串的公式和符号往脑子里塞，然而并不能集中精力。它们太狡猾了，往往是我把这段儿刚塞进去，那段儿又流出来了。我的脑壳变成了被洞穿的腹腔，那些公式和符号组成的编码串儿仿佛不断流出体外的大肠。我抓了一把，又抓了一把，皱着的眉头痛苦地锁在一起。上了锁就好了，外面的人进不去，里面的人也出不来。虚空中有股硫黄味儿，熏得我母亲跌了个筋斗，她一边叨叨着，一边走出房间。留下的话把子被我捏在手里，她说："你把书吃掉吧。"我是不怕吃书的，我怕消化不良，我一紧张就消化不良，已经拉了几天肚子。我母亲给我炖了鸡汤，一丝不苟地用勺儿舀掉了最上面的一层金黄色的油花，以为我会受用一些。不过我的肚子不如我的脑子会耍滑头，它那么诚实，依旧拉个不停，一点儿也不认为对不起她。

我母亲这些年付出了太多值钱的东西，青春，耐心，好脾气，体面的婚姻，一一都投注在我身上，换算出来就只剩下大写的"出息"二字。因而我必须考上好大学，让身边的人都看看，我母亲的儿子多么有出息。我甚至没资格对我母亲说一声对不起，要是我这样说了，我母亲说不定会歇斯底里，扯着自己的头发大哭，把对我父亲的怨艾和对岁月的仇恨都化成一支支穿肠毒箭，射得我体无完肤。不过此刻，我不是已经肠穿肚烂了么？我滑稽地看看自己的身体，没有创口，却有黏稠的异质流进流出，在这个莘莘学子摩拳擦掌的夏天，它发出浓烈的恶臭。

去学金融吧。这是我母亲给我的建议，她认为这个行当日后一定有前途。"金融"这个词儿，她大概也不是很明白，不过用老百姓的大白话来讲，应该就是钱。有钱是好事儿，这些年她为了钱吃尽了苦头，天然地好这一口儿。说起来，一个单身女人拉扯一个孩子，太不容易了，虽然不完全是钱的事儿，但总觉得缺钱。"要是有钱就好办了,”她总是这么跟我说,“我能给你找最好的补习老师,上最好的学校,做最好的教育规划。再往后,你自己就知道路怎么走了,做人上人,找份好工作,别人见了都夸,说你妈教育得好,有出息。”

这简直是她的宗教。

我是没办法篡改她的宗教的。她用十八年来创建、巩固和发展她的教义,到如今冰冻三尺,坚硬如铁,我只能奉为圣经,专心修炼。不过我始终在寻找机会,幻想来一次破冰行动,哪怕停留在意淫的阶段,对我的人生终究是一种可贵的“求真”。多年来我不断被我母亲催眠,她要求我做人一定要首先“求实”,求实的意思就是以解决眼面前的问题为第一要务,该读书的时候读书,读出好成绩;该工作的时候工作,找份好工作。

她又来给我送鸡汤了。

我正为背不上来昨天刚记下的单词而心烦意乱,看到鸡汤,烦得不行,手一挥就打翻了汤碗。当啷一声,母亲的心似乎碎在地板上,愣住了。我也吓了一跳。我的本意不是这样的,我只是想让她把它端走,就连挥胳膊的距离都是经过目测和心算的,没想到正中她的鸡汤,像是急于打翻一碗毒药。

空气凝固在那个点上。

现在回想起来,高考前我的那场噩梦似乎还在继续,既没有终点,也没有起点,就那么无始无终地漫漶在时间轴上。也许从我一出生就开始了,要么可以追溯到更远,我父亲还没来得及向我母亲求欢之前,我母亲悄悄芳心暗许的时候。转过身往后看,可以看到更远一些的地方。我二十岁,我三十岁,我老了,我在生命的尽头,我等着一场庄严的谢幕，等着命运向我道歉。但没有，没人向我承认错误，我只好归咎于自己的懦弱和无能。

遥远地凝视那个十八岁的年轻人，我抚触着他身上看不见的创口，温柔地告诉他，你跳下去吧，你有权利这样选择。然而年轻人不敢，他觉得他没有这个权利，他的母亲含辛茹苦，受尽人世的奚落和岁月的侮辱，他如何辜负？就这样，他痛苦地徘徊在闪烁着“中国人民银行”几个霓虹大字的金融大厦的天台上，徘徊了一整夜，终于还是从楼梯间一级一级地走回地面上。

母亲并不知道这惊心动魄的一夜，反正这么多年他已经体贴地隐瞒了很多内心的秘密，也不在乎夏夜里这么一场不为人知的隐秘厮杀。厮杀的结果是，他心里那个“求真”的小人儿被暂时杀掉了，只剩下“求实”的小人儿，踌躇满志地陪着他上考场，不，确切地说，是残酷的战场。

那以后，正如他母亲所说的，一切都顺了，他只要按着这条路走下去，就好。他愿意人们围着他的母亲赞叹，“嚯，你儿子真有出息呀！”或者，羡慕地讨教育儿方法，“你怎么能养出这样好的儿子？”他的母亲呢，在人群里笑眯眯的，一副心满意足的表情，微微地还有些得意，觉得这辈子值了，真是扬眉吐气。他也笑起来，心底却有苦涩的沉渣泛起，倒是和多年后他在边境小镇上遇到的另一个单身母亲的笑容有着某种神似。

我再次醒来，蓝朵站在床边，正伸出一根手指，放到我的鼻子底下。和睡症发作时一样，我睁眼的时候毫无预兆，蓝朵的西瓜皮脑袋突然塞进我的视野，我们俩都吓了一跳。

“你睡了整整一天吔。”蓝朵的声调夸张地往上扬，眉毛也跟着跳起来。他说我突然又睡着了，不过这回他们知道我的毛病，就没上回那么担心。可是我睡了那么久，他又不得不来试探我的鼻息，看我是否还活在梦里。这真是个善良的好孩子，我摸摸他的头，柔顺的黑发从我指间穿过，像是穿透一眼清泉。

我们俩已经成了无话不谈的好朋友，说起来算是忘年交，但我觉得他就是我的弟弟，或者是另一个我。我问蓝朵，有没有想过去找爸爸？他摇摇头，不用找呀，他会回来的。我很奇怪他为什么这么笃定，他说爸爸不回来还能到哪儿去呢？他现在不回来是因为他要挣很多很多的钱还给人家，如果钱还上了，他还有什么理由不回来呢？我一时难以回答他。

确实，我回答不上他的问题。我打小儿思考的问题就是，如果父亲不回来，我是不是该去找他。还从来没想过，父亲总有一天会回来的。

我要告诉他，一个成年人选择回家或者不回家，总是有很多理由，甚至不需要理由吗？我说不出口。蓝朵相信他的父亲总有一天会回来，他的母亲就是这样带着笑容告诉他的。所以我也愿意相信。蓝朵还看不出母亲的笑容里掺着淡淡的哀婉，那朵长在母亲脸上的微笑在阳光下总是闪闪发亮。他的母亲善解人意，我和她聊起我母亲时，她也往往露出理解和宽容的微笑。我不禁无稽地想，如果她是我的母亲，也许我就不会在边境线上徘徊至今。

一条线而已。

但是我怎么也跨不过去。

蓝朵像他父亲，他拿了他父亲的照片给我看，俨然是成年的蓝朵。相比起来，我和蓝朵的那几分相像，更像是影子的影子。我们第一次相遇时那种照镜子似的惊讶，现在已经变淡了，优柔地弥散在黄昏的空气里。

我先前觉得蓝朵的母亲和我母亲也有几分相像，后来仔细再看，除了挺直的鼻梁，她们很少有像的地方。她们是两个如此不同的母亲，而我和蓝朵，是两个如此不同的孩子。

“还继续找下去吗？”蓝朵母亲问我。她知道了我的故事之后，很同情我不时昏睡过去的身体里那个禁锢了几十年的执念。她鼓励我说找找也好，兴许就找到了呢。

“要是找不到呢？”我问她。我母亲总这样问我，现在我反过来问这个年轻的母亲。

“找不到，就是缘分断了。”她叹口气，“和咱家的情况差不多，回不来，就是断了。”

“你觉得他还能回来？”

“不知道，他身上背着案子，可能要躲一辈子。那人当年是没死，可也没挺过两三年。年纪轻轻的，到底还是殁了，要不是我家那口子，人家且活着呢……”

聊着话儿，夜就深了。我早先睡过了头，毫无困意，却不好意思再拉着蓝朵母亲闲聊。蓝朵已经四仰八叉地倒在床上，占了床铺的大半边。他母亲笑笑，说这孩子睡觉不老实，你凑合吧。我忙说不打紧的，是我占了他的铺。他母亲就站起来，踢踢踏踏地趿拉着拖鞋回另一间房去。

说起来，她一个单身女人，胆子竟不小，敢让我留宿在这里。

“昨晚上，你睡也睡过了么。”她跟我开玩笑。推来推去，收了我五百块钱，算作酬谢和这两晚的住宿费。“我看你和蓝朵也有缘，他和你亲得很。小孩子精怪着呢，他既然留你，我也不怕你住下。”她笑笑，坦荡荡的。

我在灯下支着头想心事。

好多年前的事了，一桩一件地涌上来，掺在迷蒙的夜色里，像兑了水的酒，饶是隔着久远的岁月，还是让我晕眩。我想不出我父亲的样子了，但知道他有一副高大的个头。也许是我的想象，我母亲连我父亲的照片都销毁得那么彻底，当然不会和我聊他的身材。我只是凭空觉得那是一个高大的父亲。小时候胡乱猜测，长大了以后，看到镜子里长手长脚的自己，越发肯定那个男人的基因在我身体里是空前活跃的，因为我母亲个头娇小，不说话的时候像只蜂鸟。但她很少不说话，一旦说起话来气势如虹。她用大嗓门儿跟看不顺眼的人吵嘴，用大嗓门儿教训我，还用大嗓门儿讨价还价。她有很多女朋友，那些女朋友有的和她一样没有丈夫，有的有丈夫却跟没丈夫一样，她就指导她们和她们的丈夫做斗争，说想要过好日子就得兵不厌诈。我奇怪她怎么会有那么丰富的斗争经验，若论起来，她在实践方面基本上是一穷二白，但她给她的女朋友们开家庭务虚会，提供的理论指导往往让女朋友们茅塞顿开。她一辈子也没个正经工作，但说起话来条理清晰，以点带面，像个工会主席，女朋友们都愿意往她这儿跑，我家一度成为妇女集会的中心。

我母亲是个伟大的母亲，为了养育我，她摆过地摊，卖过早点，倒腾过服装。她说做买卖靠的是人缘儿，所以，必须以女朋友们的家务事为己任。只要女朋友们喊她帮忙，她从不推辞，像捉拿小三儿这样的事，往往手到擒来。她把孤儿寡母的日子过得风生水起，没有一个人敢小瞧她。不过她还是非常郑重地找我谈话，说我们孤儿寡母要被人瞧得起，最终还是取决于我有没有出息。我要是没出息，周围的人就会看笑话：瞧瞧，儿子被她给养废了吧。那么她这一辈子，就算白活了。我觉得她的逻辑有问题，可又不敢给她挑毛病，对一个含辛茹苦的母亲来说，她心里那个比天还要大的问题，就是到底能不能养出个有出息的儿子吧。

她从来没跟我说过，可我心里明白极了，她人生的大剧里有这么一句顶重要的台词：丈夫没了，她还能扛得住。若是儿子废了，她的天可就塌了。这天我在金融大厦的天台上吹着夜风徘徊的时候，想到最多的，就是我母亲的这句从没有说出口的人生台词。我从天台的这头儿走到那头儿，亮着“中国人民银行”几个霓虹大字的金融大厦像一把剑，笔直地插在市中心那条最繁华的马路上，往下望一眼，晕得厉害。我到底把跨出去的半只脚刹在了天台的栏杆上。

大学毕业后，我穿起了西装，打起了领带，开始每天出入金融大厦，让我母亲喜出望外。考入中国人民银行不比考大学容易，但我做到了，接到入职通知的那天，我母亲喜极而泣。这就是她心目中“有出息”的儿子的样子吧，我也笑出了眼泪。我始终没告诉她，那晚我在金融大厦的天台上往下张望的复杂心情，也没告诉她，我每天西装革履地去金融大厦上班，又怀着怎样的心情。

一直到我母亲去世，我都是她心目中应有的样子。

太阳升起来了，我背上行囊，准备再次出发。

蓝朵追上来问我：“你要去哪里？”

我摸摸他的西瓜头，望着太阳初生的方向：“去最近的边检站。”

蓝朵的母亲也跟过来送行，往我手里塞了两个煮熟的鸡蛋，笑微微地道别：“祝你好运。”

昨晚在灯下，我做了这个决定，不管结果如何，我要跨过那条线。我辞职出来跑了两年多，一无所获，但并没有灰心，在见到蓝朵和他的母亲之前，我还对那个藏在心里很多年的小孩子信誓旦旦地说：“我一定要找到他！”可是蓝朵和他的母亲让我看清了那个小孩子，他卡在那道生命的裂隙里很多年，一直不肯长大。如今是时候让他跨过那道生命线了。

我打算过境看一眼，到那边的小镇上转一转，也许意外地碰到他，也许碰不到，这都不重要了，然后我就返回故乡，去我母亲长眠的地方，继续做一个务实的人。

做出这个选择之后我长吁一口气，像是多年的悬挂有了着落。太阳从背后照过来，我展开手中的地图，背部耸起的影子在地图上投下一座山峦的轮廓。目光所到之处，密密麻麻都是匿名的生长。

这条边境线很长，如果从地图上看，能够弯弯曲曲地勾画出一条惊人的、与生命重合的天然脉络，但是站在地平面上，它就是与地面无异的一处空白，无论是边境线的左边还是右边，看起来都没什么区别。倘若行走时没有那么一座仪程似的边防检查站，我都不知道该如何判断怎样才算是跨过了那道线。

在出入境检查处排队时我有些百无聊赖，拿起手机埋头浏览新闻，突然前方一阵骚乱，层次丰富的大呼小叫、杂沓的脚步和推搡乱作一团。有人高声喊：“抓住他！”接着是纷乱中的本能，谁在惊恐地奔逃，四下里围追堵截，摁倒在地，“咔嚓”一下上手铐的声音。

“就是他！”众人都围上去，抻着脖子看值班民警指认一个灰头土脸的人。

“带走！”灰头土脸的人被押着走了，众人还在抻着脖子看，好像能看出什么名堂。其实什么也没看见，连那人的面目也没瞧清楚。有人四面打问，后面的问前面的，左面的问右面的，终于得到确切的消息，说是那人犯了案潜逃多年，在境外换了身份，在当地还娶妻生子，以为时隔多年没事了，谁知刚入境就被逮个正着。这些信息都是零散的，无聊地碎在空气里，东一块西一块地拼凑起来，恍惚是个大新闻的模样。大家都有些兴奋，仿佛自己见证了什么伟大的奇迹。

轮到我了，检查人员敲着玻璃问我要证件，我还张着嘴陷在震惊里。不会是蓝朵的父亲吧？我没来由地想，竟有这么巧！也可能不是，都七年了，我刚打算出境，正碰上他入境？我脑子里一团糨糊，想着蓝朵，想着蓝朵的母亲，和刚刚被押走的这个面目模糊的男人有什么关系？有个小孩子溺水似的从时间的洪流里挣扎着冒出头来，他的母亲在岸上费劲地执着一个长柄的尼龙网，大概想用这不称手的器具去捞他，无奈怎么也捞不起。另有一个面目模糊的男人飘过来，踩着看不见的滑轮，飘飘忽忽地，脚也隐在虚空里，像鬼魅。他离得近，看着小孩子却不伸手，就这么看着他越挣扎越徒劳，渐渐地没了顶……

咚咚地，又有人敲玻璃，证件从小窗里递出来，我一惊，接过来点头哈腰地往外走。走到外面，一抬头，看见天，还是那片天。回身望望，边检站却是在身后了。那么我是走过来了。那个人呢，他也走过去了吧？

总归都是在那条边境线上发生的事，我抱着脑袋琢磨，那条线，有人想过去，有人想回来，都犯难。这时候，边境线就不是边境线了，成了心里的坎儿。人要是迈不过那道坎儿，就得兜兜转转好多年。

一晃眼，又过去好几年。我做回了那个务实的人，像我母亲说的那样，好好工作，找了个好媳妇，成为一个好父亲，就连莫名其妙的睡症，也很少再发作。黄昏时我下班回家，绚烂而柔和的霞光里，有个溢着奶香味儿的肉团子扑过来，搂着我的脖颈子叫："爸爸。"我给他说他奶奶的事，也给他说他爷爷的事。说奶奶的时候，我信手拈来，滔滔不绝，他坐在我的膝盖上咯咯地笑；说爷爷的时候呢，我得想想，想到一段儿说一段儿，他也咯咯地笑。爷爷是个大长腿，有劲儿，能把奶奶扛在肩上，奶奶在爷爷肩上又捶又打，可还是被爷爷扛进了洞房；后来有了爸爸，夜里爸爸生病，也总是爷爷扛着去医院，奶奶一路小跑跟在后面；爸爸病愈以后，就喜欢上了骑大马，骑在爷爷的肩膀上，比爷爷还高，看得还远……我渐渐在故事里相信，父亲并没有离开我，他只是换了个方式，让我长成一个父亲。那个叫蓝朵的男孩呢，他也长大了吧？不知道他的父亲有没有回家，不管怎么样，他迟早也会长成父亲的模样。

世纪童谣

蘑菇镇最好的老师其实是从豆庄调上来的。

朱老师从豆庄调上来之后就转了正，但他每天还来回十六里地，回豆庄去。因为豆庄有他的老婆孩子。

朱老师教语文，教了三十年，是全镇识字最多的人，主谓宾定状补都滚瓜溜熟，总结文章的段落大意和主题思想也很深刻，但吵架的时候还吵不过他老婆。他老婆章菊花从老辈儿上排是我姑奶奶，但我不知道是从哪儿开始排的辈分。章菊花长得富态，吵架的时候容易激动，饱满的胸部往往波涛汹涌，好像能淹死人。

章菊花起初不同意朱老师调到蘑菇镇去，按她的说法，镇上的人眼睛都长在头顶上，没个厚道人。其实章菊花曲解了镇上人的意思。镇上人不过是有种莫名其妙的优越感，因为蘑菇镇是县城所在地，所以他们自认为是“城里头的”，对镇外面的人一律称“乡里头的”。他们在称呼上以示区别，是为了保持镇上人的纯洁性。在他们眼里只有这两种人，非此即彼，即使是从首都来的人，如果他家里不是镇上的，也可归于“乡里头的”一类。蘑菇镇很少有人到外面去，因为蘑菇镇就是县中心，甚至也可以说是全世界的中心。站在中心来看世界，乡里头来的往往不讲卫生，大嗓门儿乱吆喝，抠门，斤斤计较……但镇上人自己也有犯这些毛病的，他们又统统忽略不计了。

章菊花有回上蘑菇镇看朱老师，顺便捎了一篮子鸡蛋，预备在小街头的菜市口那儿换几尺的确良。结果裁缝谢秃子非说她的蛋不够新鲜，七算八算地折下来，长袖褂就给改成了短袖衫。章菊花穿上的确良短袖衫在豆庄走的时候，大家都围上来看新鲜，指着翻过来的大方领说，乖乖，城里头的手艺就是不一样，整个红薯乡，找不出第二件了。章菊花心花怒放，嘴上却说，也就那样，谢裁缝光是名气大。

谢秃子的二小子后来成了朱老师班上的学生，和我一届，章菊花总想逮个机会向谢秃子找补她的那几颗蛋。可是朱老师是个很纯洁的人民教师，他不让章菊花找谢小龙问他爸要这要那。甚至有次谢秃子的老婆都把一件灯芯绒褂子送来了，朱老师还是原封不动地退了回去。章菊花借故跟朱老师吵了几回架，把气撒出去，也就算了。

朱老师班上除了谢小龙之外，还有个孩子叫皮毛毛。

皮毛毛从小就是个奇怪的孩子，他喜欢说一些别人听不懂的话。这些稀奇古怪的话让他没什么朋友，不过他好像也不怎么介意自己有没有朋友。他挎着他的黄军挎，低着头一犟一犟地往前走，看起来整个人都一颠一颠的。颠一步，屁股上挂着的黄军挎就啪一声拍一下他的屁股，这样颠一步，拍一下，颠一步，拍一下，啪啪有声。

皮毛毛那时候个儿倒不是很高，但是细长腿儿，瘦瘦的像条竹竿。他是从上一届留级下来的，因此在学校也算个名人。跟着我们重新上四年级，他也没什么大起色，该不及格的功课，照样不及格。但他语文不错，朱老师常常点他的名儿，让他带领大家朗读课文。蘑菇镇上的孩子，跟他们的长辈儿一样，说不了普通话，一开口，就侉到地底下去了。但是皮毛毛是个例外。他的普通话字正腔圆，让他爸爸也摸不着头脑。

朱老师说，皮毛毛是个聪明孩子。这个判断别的老师都不认可，所以我们也不知道皮毛毛到底聪不聪明。他常常仰望天空，但那对细长的小眼睛似乎并没有什么确切的落点，而且他一仰头看天就打喷嚏，鼻水长流，一脸蠢相。皮毛毛四年级还拖着鼻涕，如果靠近他，能听到他的鼻腔里呼噜呼噜的，像返水的下水管子。现在看来可能是鼻炎，但那时候大家都觉得他傻了巴儿的。

我们上思想品德课，教课的老师不知怎么就从五讲四美三热爱说到了 21 世纪。老师说到 21 世纪，蘑菇镇可就不是现在这个样子了。究竟是怎么个样子，老师也没说明白，大体意思是小汽车都在天上飞，我们都住在像科学实验室一样干净卫生、宽敞明亮的大房子里。因为那时候共产主义已经实现了。

老师到底是不是这么说的，我们课后也各执己见。有人说听得清楚明白，有人说压根儿没听到，反正 21 世纪还很遥远，我们都觉得那是一千年以后的事儿。对照现在蘑菇镇的生活水平，我们想象不出共产主义实现以后的具体生活场景。拿我们家来说，去年翻盖了两间瓦屋，窗子也开得比先前亮堂些了，但我爷爷还住在头碰门檐的泥坯子房里，顶上铺盖的是厚厚的茅草。我们蘑菇镇的房子都这样狭小，阴暗，七八口人挤在一间屋的，也不稀奇。我们家还算过得去的，我爸我妈一间房，几个兄弟一间房，爷爷自个儿还有间茅草屋子，几乎抵得上半个共产主义了。

老师说的21世纪，我们都没有目力所及的洞见，但皮毛毛私下里跟谢小龙很肯定地说，21世纪地球会毁灭。他们俩是同桌，老师在讲台上说会飞的小汽车和像科学实验室一样的大房子的时候，皮毛毛就在课桌后面嘀咕，太阳系绕昴宿星公转一周是25800年，每季为5125年，到2012年的时候，太阳系就进入公转的第五季，一个轮回结束，生命枯竭，世界末日。谢小龙惊讶地看着他，啥，你说啥？皮毛毛自顾自地说，2012年是玛雅人预言的世界末日，所以我们也许根本没机会住上那样的大房子。谢小龙张了张嘴，又闭上了。他觉得没必要跟神神道道的皮毛毛打嘴仗，就从兜里摸了颗蚕豆，搿进嘴里，装模作样地把胳膊支在课桌上捧着腮，好像在认真听讲的样子。

朱老师把皮毛毛叫到办公室，说他的作文写得好，准备拿去参加县里的比赛，但里面有些涉及宗教的敏感内容，恐怕不大合适。我们那时候对宗教信仰都没什么概念，最直观的感受来自镇上的一些老头老太太，他们逢初一、十五或菩萨成道之类的重大日子会去十里庙烧香拜佛，但那都是影响社会风气的不良现象，需要批判。不知道皮毛毛怎么会写这种封建迷信的东西。

后来我们才晓得，皮毛毛并没有写这些。他写的是诺亚方舟。

这就更稀奇了。我敢打赌，我们蘑菇镇那时候没人懂这个，除了朱老师。朱老师也感到奇怪，问皮毛毛是怎么知道诺亚方舟的。皮毛毛说隔壁邹老太太有本毛边的《创世纪》，但她不识字，当砖头垫床脚了。我们镇南原有个教堂，有段日子到处派发福音书，一度和盘踞在北边的十里庙形成双峰对峙的局面。但那是我们出生以前的事，后来不知怎的教堂那儿改建成了菜市。我估计镇上的人认为，比起“救赎”一个人或一群人来，“保佑”这个人或这群人重要得多，因为这在鸡毛蒜皮、琐碎冗长的日子当中更有拨云见日、立竿见影的功效。章菊花第一次挎鸡蛋篮子来镇上，就是在那儿完成的不平等交易。邹老太太那本垫床脚的《创世纪》，因而有些文物价值，估计是拆教堂的时候流离失所，被哪个爱占便宜的家伙糊涂而侥幸地昧下来的，皮毛毛小小年纪，眼光却颇为毒辣。

关于皮毛毛从他爸爸的工作证里偷拿了一块钱，跟邹老太太买《创世纪》的事，是章菊花告诉我的。那天章菊花到我们家来串门，顺带又捎了一篮子鸡蛋。她说这篮鸡蛋是给我们兄弟补身子的。我妈哪好意思呢，照例回赠了猪油、蜂蜜和一大包点心。自从朱老师当了我们老师以后，章菊花每次都这样。朱老师说过她几次，但她每回都说，你管我，我走的是我老章家的亲戚。

这天我妈给装好了猪油、蜂蜜和点心之后，章菊花盘腿坐在床沿上跟我唠嗑。她拉着我的手说我孙子长得真俊哪，眉眼都生得像老章家人。她说“俊”的时候，带着浓重的红薯乡口音，听起来像是“捘”，让我感觉脸皮上有种十分浮夸的指压感。我妈在一旁打趣，瞧姑奶奶说的，不像老章家人，难道还能像外姓人？章菊花说，那可不，也有长得缺怪的，那老皮家的，不就不像皮援朝？她说的是皮毛毛，细脚伶仃，稍微大点儿的风就能给吹跑了，跟他爸爸皮援朝确实不像。皮援朝长得方方正正，厚实得像块麻将牌。

章菊花说朱老师去家访，想看看皮毛毛那本《旧约》，结果让皮援朝发现了皮毛毛偷拿他工作证里的钱的事。皮援朝当场就动了手，朱老师拦都拦不住。皮援朝说不是一块钱两块钱的事，是这孩子居然上手偷钱，这是大事儿。朱老师说孩子一时糊涂，再说是拿来买书，又不是赌了抽了。皮援朝说一时糊涂才要打，不然以后糊涂的时候且多着呢。朱老师和嘴里喊着“老子打死你”的皮援朝周旋了好长一阵子，皮毛毛躲在朱老师身后，皮援朝的鞋底子抽到哪边，朱老师就往哪边拦，皮毛毛就往相反的方向躲，俩大人带着个孩子，就跟玩老鹰捉小鸡似的。末了，朱老师的胯上印了两个鞋底印子，藏青毛料裤子的底色上特别显眼，皮援朝慌不迭地赔不是。

我猜测朱老师回家以后，皮毛毛肯定又给他爸狠狠修理了一顿。皮援朝是钢厂开吊车的，常常熬夜，火气大，在打孩子这个问题上，不得手是绝不会罢休的。

皮毛毛来上学，照旧背着黄军挎，脑袋一犟一犟的，身子轻快地颠起来，屁股上啪啪有声。他和人说什么，人都不信，也就说不着，便在角落里仰头看天，打一串喷嚏，流一阵鼻涕。完了伸袖子一抹，皱皱鼻头去上课。他的袖子因而结了一层油亮的壳，梆硬，可以当作一种打击乐来敲。谢小龙和他同了一阵子桌，终于觉得无趣而讨厌，主动申请调离了那个位置。这样一来，皮毛毛身边就空下来了，不过也许对他来说正合适。他本来就不合群，喜欢一个人闲待着，看天上的风景，或者什么都不看。

那时候我们上音乐课唱《学习雷锋好榜样》，唱《让我们荡起双桨》，还唱《我们是共产主义接班人》。皮毛毛五音不全，唱起来颠三倒四，总有种不着调的感觉。但他偏偏又喜欢唱歌，走路的时候唱，写字的时候唱，一个人看天的时候也唱。走路和写字的时候也就罢了，关键是看天的时候又爱打喷嚏，一首歌给唱得七零八落的，不忍卒听。他倒有个本事，打喷嚏把歌儿打断了之后，从哪儿断的，又能从哪儿接上，不落下一个字儿。比如唱“让我们荡起双桨，小船儿推开波浪”这句，刚唱到“船”的时候忍不住打个喷嚏，完了拿袖口一抹鼻子，再出来的准是“儿”字，接下来的“推开波浪”显得毫不突兀。

这样独个儿唱了半学期，班上转来一个新同学，正好他身边空着，就给安在那儿了。新同桌叫马义葵，麻花辫子，格子褂，口袋里常备着一块带有蜂花牌檀香皂味儿的花手绢，一看就是讲究人。我们私下里都窃窃私语，说过不了多久，马义葵准被皮毛毛给埋汰死。

奇怪的是，他俩同桌后，久久不见马义葵提出调换座位的申请。我们以为马义葵脸皮子薄，刚转学到新地方，人生地不熟，不愿意得罪人。谁知竟不。因为有人看到皮毛毛流鼻涕的时候，居然用上了马义葵的花手绢。

这下我们都相互打听，马义葵和皮毛毛到底是什么关系。

据说马义葵的父母在很远的西京市工作，他们忙得不可开交，就把马义葵交给了瓜村的马义葵姥姥。马姥姥和蘑菇镇上的邹老太太是姨表亲，就托邹老太太的关系，上了镇中心的完全小学。马义葵下了学，就去邹老太太家，逢周末才回瓜村的姥姥家，因而她与邹老太太家隔壁的皮毛毛关系非同寻常，也就可以理解了。

马义葵转到班上之后，皮毛毛的变化可用“翻天覆地”来形容。一是他淌鼻涕的毛病得到了有效的遏制。这很神奇，我们都不知道皮毛毛是怎么突然改掉这个顽固的毛病的。也许马义葵托她爸妈从西京带回什么治疗鼻炎的特效药，但那时候我们都以为皮毛毛是因为喜欢上马义葵，才改掉了自己的邋遢。二是在马义葵的帮助下，皮毛毛的聪明劲儿全面复苏，数学居然也及格了。数学老师惊呼石头开花，把那张 73 分的卷子抖得哗哗作响。起初还有人认为皮毛毛是抄袭了马义葵的卷子，后来考试的时候把他们故意分开，皮毛毛也能面不改色，成绩稳如泰山。这一来朱老师可高兴了，逢人就说，我就说了吧，皮毛毛是个聪明孩子，他之前是没开窍。

关于开窍的问题，这是大人们的普遍说法，可能在他们眼里，小孩子就是糊里糊涂的，总得到了一个时间节点，他突然就长大了。这个长大，不是身体上的抽条或拔节，而是心灵从蒙昧走向清明。这种说法很玄，好像小孩子的身心外面，还包着一层蛋壳样的东西，时间一到，他就把壳啄破了，奋力地钻出来了。这壳，小孩子自己是看不见的，但大人们都看得一清二楚。

皮毛毛虽然开了窍，但还时常犯糊涂。比如他在老师讲到 21 世纪的时候（也不知道老师怎么回事，动不动就提到那么遥远的事），依然插嘴说他的玛雅预言。没有人理睬他，他也不觉得那是一种鄙夷。

马义葵是唯一相信皮毛毛的人。他们在一起热烈地探讨世界末日的问题。

穿着大红格子褂的马义葵问皮毛毛，玛雅人的历法准吗？阳光透过槭树火红的叶子，从 45 度角切下来，把马义葵和皮毛毛都弄得一脸斑驳。

脸上颤动着树影的皮毛毛用力抽了抽鼻子，说，准。

马义葵就担心地问，那到时候我们怎么办呢？

皮毛毛抿了抿嘴，胸有成竹地说，人类文明虽然瓦解了，但剩下的得成正果的“真人”会回到低纬度过天人合一的迁徙生活。这是符合规律的。

接下来他们就什么样的人才算“真人”进行了更为热烈的探讨。探讨的结果是，马义葵和皮毛毛有可能因为提前觉醒，而有机会跟随精神和意识的飞升进入新的文明，也就是说，他们可能会有资格迁徙到低纬度，过上天人合一的生活。

这种探讨在当时都是头抵着头秘密进行的，因为大人们会说这俩孩子在说胡话，同龄的孩子还会笑话他们，认为皮毛毛是因为喜欢马义葵才拿谁也听不懂的大话这样忽悠她。总之没人觉得马义葵和皮毛毛是认真的，我也把这当成了笑话。

我不知道，要不是当年有人偷听到马义葵和皮毛毛的谈话，是不是会有后来莫须有的故事。也许他们探讨的只是人类对于未知的恐惧本能。

渐渐地，就开始有两种说法。一说马义葵喜欢皮毛毛，因为她把自己的花手绢送给他擦鼻涕；一说皮毛毛喜欢马义葵，因为他老是为了显示自己与众不同跟她瞎白话。但很奇怪，为什么没有人说他们相互喜欢呢？好像他们在一起不是为了同一个目的似的。

说话就到了21世纪，这可真是让人大吃一惊。我们原先都以为21世纪多么遥远呢，一晃，竟然一只脚就踏进来了。在另一只脚也踏进来之前，我们县变成了市，旁边的红薯乡也并进了蘑菇镇，原先的瓜村、豆庄都划在城区范围内，大家都变成城里人了。

章菊花的骄傲尤其溢于言表，她家有地，拆迁的时候分了七套房，现在的派头，比那些原版的“城里头的”还像“城里头的”。

我小学毕业以后，我们两家来往就少了，但逢年过节还走动，一般是我拎两瓶酒、两条烟，去孝敬姑奶奶。章菊花看到我，还拉着我的手亲热地说，看咱老章家的孙子，就是“挨”。

我“挨”不“挨”两说着，她可是见老了，脸上的褶子不能自律地耷拉下来，充分显示出地心引力的强大作用。朱老师倒还清健，他退休后，和章菊花就不吵架了，养花种草，读书写字，过的是神仙一般的日子。朱老师告诉我，皮毛毛成了模特，去国外发展了。这倒是新闻，我回忆了一下皮毛毛细脚伶仃的样子，还是觉得他现在一米八九的身材让人咋舌。怎么长的这是？皮援朝只有一米六八。也许随他妈妈。但好像谁也没见过他妈妈。印象里皮援朝偶尔会来学校开家长会，其余时候，皮毛毛都是独来独往，不像别家的孩子，屁股后头总跟着个唠叨的妈。

再往后网络就很发达了，皮毛毛的消息是通过博客和网页不断抵达蘑菇镇的。虽说这时候蘑菇镇已经不叫蘑菇镇了，但镇上的老人都还习惯说谁谁谁是蘑菇镇的人。这时候蘑菇镇的孩子们再不像老一辈儿的人那样顽固地盘踞在镇上，他们天南海北地撒出去，像是满世界飘飞的蒲公英种子。我是为数不多的留在镇上的孩子，因为我想和蘑菇镇一起，走进21世纪，走向共产主义。这个志向我打小就立下了，最早可以追溯到思想品德老师教我们五讲四美三热爱的那堂课。

说回皮毛毛的事儿。这时候皮毛毛已经不叫皮毛毛了，他出现在全球各大时尚杂志的封面上，被奉为“时尚先生”，巴黎时装周和各大顶级品牌时装发布会都有他的身影。后来嘛，超模出身的他还有了自己的品牌，自己搞设计。在我和我媳妇眼里，他设计的服装十分多余，因为裁剪夸张累赘，根本穿不出去，但据说在圈子里很流行，有些还是限量版，有钱都买不到。我不知道那是怎样的圈子，它离我的生活太遥远了，就像当初我的童年和21世纪的距离。但也许这距离只是来自无知的想象，我现在不也走到21世纪了吗？

我刚才说到蘑菇镇上的老辈儿人都还习惯说谁谁谁是蘑菇镇的人，因为蘑菇镇在他们心中根深蒂固，不可篡改，但这只是蘑菇镇人的意淫，他们还没从世界的中心跳出来。对这种有些不可理喻的热情，皮毛毛恐怕不能苟同，他现在是法国人，护照上的“国籍”那一栏已经和蘑菇镇没有半毛钱关系。作为公众人物，皮毛毛的个人信息被挂在网上，供网民随意浏览，但谁也不知道他是蘑菇镇人。在有限的可考资料中，他的籍贯通常显示为“西京市”。另外，由于他的英文名叫Mark，所以人们一般都叫他马克皮，很少有人记得他的原名——皮毛毛。

马克皮设计的产品当中有个系列叫“葵”，让人浮想联翩。

这个系列的服装都是十分夸张的大花格子，线条粗犷而繁复，有别于同样主打格纹系列的品牌“巴宝莉”。全世界人民都知道，“巴宝莉”走的是米色加棕色的优雅路线，或是蓝色加黑色的英伦学院风；“葵”的色彩则富丽绚烂得多，不是大红就是大绿，很容易让人联想到那句名言——“民族的就是世界的”。我不知道这种大花格子在世界范围内是否能够代表某种民族性，它给人的感觉似曾相识，倒是很能够唤起某种鲜明的时代性。然而已经进入21世纪了，马克皮这样的设计大师肯定不是简单的复古，他的灵感也许藏在记忆中，但也许记忆只是藏在他的灵感中。

我媳妇更喜欢马克皮设计的“叠趣”系列。这个系列的产品不是服装，而是女性饰品，围巾、胸针、手包、发带一应俱全，全都是布艺的小玩意儿。与“葵”的艳丽不同，“叠趣”的特点可以用清丽来形容，纯白的底色，点缀着蓝紫色的小碎花，趣味清浅，又层叠不穷。但由于价格不菲，我媳妇也只能打心眼儿里喜欢着，很难下决心剁手去占有那么一两件。她跟我抱怨，你同学真敢要价，一个巴掌大的零钱包卖两千多。我说你跟我说这个有意思么，我和他又搭不上话。媳妇说你们不是同学么。我说也就是同过学而已，他把出生地都改了，怎么还会记得蘑菇镇中心完全小学这档子事呢。

马克皮肯定不记得蘑菇镇上空的蓝天了。那时候有个叫皮毛毛的孩子整天抬头仰望虚空，使漆黑的眸子染上一抹深沉的幽蓝。孩子在他自足的寂寞中旁若无人地徜徉，倔强的行走姿势独一无二，褪色的黄军挎拍打在臀部时啪啪有声。所有人都以为他傻，而他以为所有人都傻。现在看来，皮毛毛或者说马克皮与蘑菇镇确实没什么关系。皮援朝很多年前就死了，追溯上去，可能就是皮援朝死的那一年，皮毛毛从蘑菇镇上消失了。皮毛毛出走之后，从来没回过蘑菇镇，镇上的人也不记得有这么一个十分聪明的傻孩子。在网络发达到可以随时看到马克皮的动态之前，朱老师也去世了，所以仔细回想起来，到底是谁第一个发现马克皮就是皮毛毛这件事竟然十分可疑。

我就这件事询问过回蘑菇镇探亲的谢小龙。谢小龙和大多数蘑菇镇的孩子们一样，早早地就跑出了蘑菇镇，有段日子在西京发展，现在也以西京人自居。他百分百肯定地说，马克皮就是皮毛毛，错不了。我问他为什么这么肯定，他说，你肯定你爸爸就是你爸爸吗？这种无礼的类比相当流氓，但从根儿上说，也不是全无道理。我爸爸是不是我爸爸，这事儿只有我妈妈知道，连我爸爸也未必能肯定。但后来的情况是，大家都肯定我爸爸是我爸爸，求其根本也就不重要了。所以第一个发现马克皮就是皮毛毛的那个人是谁，有什么关系呢？反正现在大家都肯定马克皮就是皮毛毛。

这事儿就这么算了。姑且认为马克皮就是皮毛毛好了，谁也不介意一个本来就不存在的人是不是存在。

日子以跑步的速度进入 21 世纪，又一路狂奔来到了 2012 年。

2012 年 12 月 21 日，这个特别的日子渐行渐近，我想起了皮毛毛的预言。不知道出于什么原因，我一直在关注马克皮的博客。2012 年冬至这一天，是全年中北半球夜晚最漫长的一天。这天蘑菇镇下了入冬后的第一场雪。雪片静悄悄地落在地上，很快就堆了厚厚的一层，亮晶晶的。我望了一会儿窗外的雪，心情不错。媳妇和闺蜜逛街扫货去了，估计今晚我的手机会不断收到信用卡的刷卡提示，索性关了手机，眼不见为净。末日之说给这个繁荣的经济社会提供了无限商机，如果真如玛雅人的预言那样，人类将看不到 2012 年 12 月 22 日黎明升起的太阳，那么今晚的狂欢可是太物有所值了。

除了年轻人新鲜的欲望，蘑菇镇的老人们也开始为死去的祖宗们准备元宝香烛——这真叫一个寸劲儿，西方的末日碰上了东方祭祀祖先和神灵的节日，这个阴极之至的时刻就显得越发鬼魅而刺激了。不知道玛雅人的预言是如何纠缠蘑菇镇的死魂灵的，他们从地下纷纷涌上来的脚步比起往年似乎更加忧伤。我想朱老师今晚可能会回家看看章菊花。那个肥胖而饶舌的老妇人，自从丧偶之后安静了许多，丰腴的体态渐渐消瘦，竟然弄丢了自己捍卫了大半辈子的双下巴。她有时候会望着阳台上的一丛兰草发呆，喃喃自语为什么她养的兰开不了花，她又不比老朱少伺候它们。根据末日预言，要是章菊花知道今晚之后就能去找朱老师问个明白了，甚或像以前那样热热闹闹地大吵一架，她会不会感到由衷的高兴呢？

雪落得安静而纯粹，末日这么美，我满足地叹了口气，打开电脑。

屏幕上是马克皮的一张素颜自拍照（这一点很难得，据说网上能浏览到的马克皮都是精修的定妆照），刚刚上传到博客，还有几条新鲜的互动消息。

哇，男神！

亮瞎了。

不是吧，素颜也能这么美！

……

马克皮的回复是一个看不懂的表情。

我不知道马克皮现在真实的表情是什么样的，但脑海里忍不住冒出皮毛毛抬头看天的样子，那孩子脸上的表情，是与年龄不相称的孤独和虚无。

第二天，太阳照常升起，很多人庆幸自己还活着，也有一些人表示失望，更多的人则是毫无特别的感觉，不过是重复地过一遍昨天罢了。蘑菇镇从厚厚的雪被中醒来，发现街道要组织居民铲雪了……

现在我回头说说马义葵。

马义葵小学毕业后，就跟着她的父母回了西京。我们断了联系，和皮毛毛一样，没人知道她在这些年里干了些什么。然后突然有一天，市里拍卖地皮，有块地王被一个来本地投资的著名女企业家一举拿下。这个女企业家就是马义葵，而且，那时候我们居然都不知道马义葵很著名。

那是市里房地产最火的时候，马义葵旗下的房地产公司迅速推出“世纪空中花园”，每平方的价格超过两万元。这在我们市史无前例，闻所未闻。很多人被这么高的房价吓住了，认为真是岂有此理；但也有很多人趋之若鹜，认为高房价有高房价的道理，它代表的不仅仅是一所房子，而是身份和地位。

电视台专门采访了马义葵，问她为什么会来本地投资。于是马义葵深情款款地提到了她慈祥的老外婆，提到了邹老太太和蘑菇镇中心完全小学。她没提皮毛毛，但咯咯笑着说当时有个叫谢小龙的男孩总欺负她，揪她的小辫子。后来谢小龙还去西京找过她，她觉得谢小龙的提议不错，就带着感恩之心回来了，回来建设这片热土，也回报这片热土上的人民。

马义葵说到“回报人民”的时候热泪盈眶，动了感情，栗色的大波浪卷发随着一个夸张的前倾，不安分地跑到胸前，她一撩手，把人造波浪撩到了身后。这让我想到我们小时候一起唱“我们是共产主义接班人”的时候，她的麻花辫子搭在胸前，随着身体左右有节奏地晃动，一荡一荡的。现在，跟建设“世纪空中花园”的马义葵比起来，我这样买不起“世纪空中花园”的大概属于没接上班的，这让我很惭愧。

电视上风姿绰约的马义葵穿了一件“葵”系列的限量版外套，记者就问到了她的穿衣风格，是不是喜欢马克皮的设计。这个问题一抛出来，我竟莫名地有些激动。我目不转睛地盯着电视机，希望从马义葵嘴里确认一些什么。但马义葵只是淡淡一笑，马克皮？是那个网红男模吧？她低头看了眼自己的衣服，又嫣然一笑，我不认为他的设计有什么风格，嗯，这个嘛，纯属巧合，或者是一种怀旧吧。

我关掉电视，怅然地点上一支烟。不知为什么，听到马义葵的回答，我心里很不舒服。我想过去那个喜欢穿格子褂的小姑娘早就从蘑菇镇消失了，现在这个重新冒出来的著名女企业家，我一点也不认识。

谢小龙后来在蘑菇镇上的百年老店“顺兴号”摆了一桌，宴请马义葵，也邀上了我们几个老同学。我本来不想去的，但我媳妇说，你其实用不着自卑。这话说得，好像我不去就是因为自卑似的。所以为了表现我并不像她想象的那么自卑，我只好慷慨赴宴。

马义葵来得很晚，像每个成功人士一样，她的日程表总是满得针插不进，但同学之情深似海洋（这是谢小龙的原话，这句话淹没了我们对于数十年未见面的尴尬场面的想象），她必须出席这次宴会。

著名女企业家马义葵走进包厢的时候，我们都感到一股春风拂面而来。她强大的气场立刻把宴会推向高潮，几乎不喝酒的我也兴之所至地灌了几杯高度白酒。酒酣耳热之余，就有人提到过去的事儿，我们和马义葵仅有的那点联结。大家都在酒精的作用下兴奋起来，身心被发酵得如同松软的面包。我们相互拥抱，欢聚一堂，马义葵居然也给了我们每个男士一个结实而丰满的拥抱。她笑的时候很真实，和在电视上的笑完全不同，我找回了过去的一点影子，觉得她确实是马义葵。但她还是声称毕业后从未见过皮毛毛，或者说马克皮，甚至也不知道他搞过服装设计，对于自己身上的“葵”出自他的手笔，她感到不可思议。

那你，你那时候，为，为什么把你，你的花手绢，给皮毛毛擦鼻涕？谢小龙大着舌头问。

我那是学雷锋做好事呀！小时候不都这么唱嘛。马义葵说着就愉快地唱起来，学习雷锋好榜样，忠于革命忠于党……

气氛很热烈，大家都手拉着手唱起来，爱憎分明不忘本，立场坚定斗志强！

马义葵说当时皮毛毛就爱跟她说些奇怪的话，她住在邹老太太家，每天上学皮毛毛都等在门口。她觉得他说的那些话和老师教得不一样，但很有意思。他一点也不傻。马义葵说，他看天的时候是在思考问题，而打喷嚏是因为他认为鼻腔和大脑是相通的，大概他的鼻窦间隔比较敏感。这么说皮毛毛打喷嚏是为了醒脑。我们都哑然失笑，你们俩在一块儿，不是因为你喜欢皮毛毛，或者皮毛毛喜欢你？

那是以讹传讹！马义葵啐道，我怎么会喜欢他呢。看来她也知道当时流行的两种说法。但对于到处流传的谣言当中为什么没有第三种——他们相互喜欢对方，她也觉得很奇怪。

马义葵喜欢皮毛毛的谣言不攻自破了，但皮毛毛是否喜欢马义葵呢，依旧是个谜。

故事到此为止了吗？我还是想找到最终的答案。

遗憾的是，2012 年的冬至日后，马克皮就从网上消失了。他的博客停留在与粉丝互动的那个看不懂的表情上，那是他最后的发声。他从此非常彻底地销声匿迹，任何媒体上都看不到他的任何消息。这很奇怪，那个日期只是一个并不准确的预言，每个人都顺利地度过了 2012 年，但他似乎与那个预言有着更为隐秘的关联。就像很多年前，他常常一个人仰望天空，虚度时光，我们看到那个奇怪的少年，内心发酵着隐秘的肿胀，但从来没有人真正看见他。他在人群之外，我们都选择了忽视。那些隐秘，后来都变得近乎神秘。当初，他离开蘑菇镇，而后在远方新生；现在，他又屏蔽了所有人的目光，是否意味着他开始了自我预言的新的迁徙呢？不得而知，我只是一个特别平凡的人，平凡到缺乏基本的想象力——如果所有人都说一个人是傻子，那么我也认为这人是个傻子；如果所有人都说我是我爸爸的儿子，那么我肯定就是我爸爸的儿子。这些问题那么简单，又那么不简单，生活的道理往往就是这样，粗糙得近乎要流氓，我这样智商平庸的人根本看不透。要是朱老师还在，或许能够帮我理理头绪。

很快，马克皮就被遗忘了。这是个速朽的信息社会，没有人会对一个消失的东西抱有永恒的兴趣。马克皮曾经那么走红，被无数粉丝狂热包围。他那完美的修长身材复制了神的比例，一举一动都被模仿。由他设计的产品热销全球，一入市就被抢购一空。不过那都是过去了，就像皮毛毛在蘑菇镇的过去。

一个世纪结束了，一个世纪已经到来，而我们的故事，还在继续。

后 记

庚子年的春节，大家伙儿都捂在宅子里面。因为新冠病毒的肆虐，人人自危，为了抗击“新冠肺炎”，全国人民众志成城地把自己“隔离”在家里。这使我想到十七年前的“非典”，那时我还是个少女，刚刚考入会计师事务所。从大别山褶皱里的一座水库审计回来，我就被告知不用上班了，因为外出人员回来之后要被单位“隔离”在家一段时间。这让我欣喜若狂，要知道，我已经有二十多天没回家了，我爸我妈想我想得快疯了，我也想他们，想温暖的被窝，想可口的饭菜，想躺在床上就能打发时间的日子。这样心满意足地躺了几天之后，又觉得无聊，于是爬起来找书看；书看多了之后，觉得现在的生活更加无聊，于是决定改变人生。

第二年我考取了现当代文学专业的研究生。

一个注册会计师变成了一个以写小说为业的人，这个转身也许不够华丽——我当年的同学和同人现在不是上市公司的 CFO，就是国有银行的行长。这些金融领域的精英，让我看到了选择写小说应当付出的代价。但我仍然为自己感到骄傲。

世上没有后悔药可吃，也许根本的原因就在于，我们不需要吃药。

如果回到从前，你还会选择做现在的自己。这就是自由意志的力量，让我们看到大海和天空，而不是现金和信用卡。当然老同学聚会的时候，我还是很谦虚地告诉他们，你们的选择是对的。他们的选择肯定是对的，每个人都有选择自己想要的生活的权利，你的毒药是他人的谜之蜜糖，而他们感到恐惧和焦虑的，怎么都毒不死你。生命形态的参差让彼此相见抑或不见的时候都怀有真诚的向往之情，这样挺好。

“新型冠状肺炎”和“非典”，有相似，也有不同。我们也一样。十七年过去了，我从少女变成妇女。今年我一样憋在家里，不过不是一个人看书，而是陪着孩子看书。我告诉他书是个好东西，它能改变我们的人生，但他显然对 iPad 更感兴趣。他说，游戏也能改变人生。我忽然有种恍然大悟的感觉。

在没有网络游戏的时候，书大概也是一种游戏。写书的人，就是在跟自己做游戏。孩子比我们敏锐得多，他们总能看见我们看不到的东西。这样一来，我也就部分同意了他的观点，允许他把 iPad 和书放在一块儿。当他打游戏的时候，我就开始我的游戏。这是我们值得铭记的特殊时光。也许有一天，你会像惦记霍乱时期的爱情一样，惦记这段被病毒封印的时空。最后，感谢你进入我的游戏，欢迎下次光临。

2020 年 2 月 1 日